FABIAN VOGT

FABEL HAFT!

17 ½ verheißungsvolle Kurzgeschichten

BRUNNEN
Verlag GmbH · Giessen

Fabian Vogt, Jahrgang 1967, ist Schriftsteller, Theologe und Künstler. Wenn er nicht für die Evangelische Kirche mit halber Stelle kreative Kommunikationsprojekte entwickelt oder Beiträge für den Kultsender hr3 produziert, schreibt er Romane, Kurzgeschichten und unterhaltsame Sachbücher. Außerdem lädt er als Kolumnist mehrerer Zeitschriften und Magazine zum Weiter-Denken ein.

Für seinen Roman „Zurück" wurde der promovierte Geschichtenerzähler mit dem „Deutschen Science Fiction Preis" ausgezeichnet, und seine Kabarett-Programme (mit „Duo Camillo") haben mehrere Kleinkunstpreise gewonnen. Fabian Vogt lebt mit seiner Familie im Vordertaunus bei Frankfurt. *fabianvogt.de*

© 2021 Brunnen Verlag Gießen
Lektorat: Petra Hahn-Lütjen
Umschlagmotiv: Adobe Stock
Umschlaggestaltung: Jonathan Maul
Satz: DTP Brunnen
Herstellung: GGP Media GmbH, Pößneck
Gedruckt in Deutschland
ISBN Buch 978-3-7655-0766-3
ISBN E-Book 978-3-7655-7603-4
www.brunnen-verlag.de

„*Professor,
ist das hier wirklich …
oder findet es bloß
in meinem Kopf statt?*"

Harry Potter

„*Es findet in deinem
Kopf statt, Harry.
Warum muss das bedeuten,
dass es nicht wirklich ist?*"

Albus Dumbledore

Inhalt

Über FABELHAFT!
17 ½ verheißungsvolle
KURZGESCHICHTEN

Ein Buch voller fabelhafter, erfrischender Überraschungen: Diese Geschichten setzen uns auf ein Gedankenkarussell und drehen mit uns höchst unterhaltsame Runden durch die Bibel, die Kunst, die Kirche, die Wissenschaft und das Internet. Wie auf einer Achterbahn des Lachens und der Rührung tauchen sie in die Tiefen des Alltäglichen und schwingen sich gleich danach auf zum Verblüffenden. Und öfters sind sie erst dann fertig, wenn wir als Leser sie in unserer Vorstellung fertig geschrieben haben. **Ein ebenso spannender wie entspannender Freizeitpark für die Seele.**

Manfred Siebald, Liedermacher, Literaturwissenschaftler und Autor (u. a. *Du bist zu Hause und andere Geschichten*)

„Ich liebe Geschichten" – Vorwort

Ich liebe Geschichten. Und wenn mich Menschen fragen „Was machen Sie eigentlich beruflich?", dann antworte ich manchmal ganz spontan: „Ich bin Geschichtenerzähler!" – auch wenn ich diesen „Beruf" natürlich in unterschiedlichen Funktionen ausübe: als Schriftsteller in Büchern, als Theologe auf der Kanzel, als Sprecher im Radio, als Journalist in Zeitungen und als Künstler auf der Bühne.

Doch die Wirkung guter Geschichten ist immer die gleiche: Sie nehmen mich (und andere) mit auf eine Reise in eine fantasievolle Welt und laden ein, dem Geheimnis des Lebens auf unterhaltsame Weise auf die Spur zu kommen. Und das, ohne bedrängend zu sein, denn ich entscheide ja selbst, wie weit ich eine Geschichte an mich heranlasse. Insofern ist es schön, wenn eine Erzählung beim Zuhören Lust macht, weiter zu denken … weiter zu träumen … und Teil des Geschehens zu werden.

Darum wundert mich auch nicht, dass Jesus, anstatt theologische Weisheiten von sich zu geben, fast immer kluge Geschichten erzählt hat, wenn er etwas von der Kraft des Vertrauens oder der Schönheit des Daseins deutlich machen wollte. Und dabei musste er nicht einmal das Wort „Gott" benutzen – wer aufmerksam zuhörte, die oder der verstand sofort: *„In diesen Gleichnissen geht es darum, was der Himmel mit der Erde und mit mir zu tun hat."*

Wahrscheinlich erkannten deshalb schon die Autoren der Antike, dass man Menschen am besten mit Geschichten zum Weiterdenken inspirieren kann. Und das machten sie mit großer Leidenschaft ... besonders gerne mit Fabeln. Nach dem Motto *„Fabula delectat et docet"* – eine Fabel unterhält und bildet. Darum heißt diese Kurzgeschichten-Sammlung „Fabelhaft!", obwohl darin, anders als in der Antike, selten Tiere als Repräsentanten der Menschen vorkommen. Macht nichts. Das Wort „Fabelhaft" meint ja auch etwas grundsätzlich Anregendes.

Nebenbei: Ich füge meinen Geschichten statt animalischer Charaktere gerne eine Prise „Surreales" zu, das heißt: Ab und an passiert in ihnen etwas, das eigentlich unmöglich ist – und das genau deshalb hilft, die Kraft des Möglichen neu zu entdecken. Lassen Sie sich überraschen! Und weil Friedrich Schiller mal gesagt hat, *„Die Fabel ist der Liebe Heimatwelt",* passt es auch, dass ich mich in meinen Geschichten immer wieder mit biblischen oder geistlichen Themen beschäftige. Weil ich finde, dass sich in allem, was mit Glauben zu tun hat, eine Tür zur Liebe öffnet.

Die Kurzgeschichten dieses Buches sind in den letzten Jahren in verschiedenen Anthologien und Zeitschriften erschienen, ich habe aber auch einige Satiren und zwei ganz neue Erzählungen mit aufgenommen, lange und kurze Texte, witzige und ernste, ermutigende und traurige, verrückte und ziemlich normale: weil ich Ihnen gerne die Vielfalt des Erzählens schmackhaft machen möchte.

Also: Tauchen Sie ein in die Welt der Geschichten. Mit einem Satz! Und vielleicht finden Sie darin ja auch den einen oder anderen Gedanken, der Ihnen Lust macht, zum Weiter-Denker, zur Weiter-Denkerin zu werden. Würde mich freuen.

Fabian Vogt

Überraschungsparty

„Herzlichen Glückwunsch zum Geburtstag!"

Der fast kahlköpfige Matthias Renz stand am Gartentor und hielt demonstrativ eine Flasche spanischen Rotwein in die Höhe. „Alles Gute! Darauf sollten wir anstoßen."

Alexander musste schlucken und hielt sich an der Haustür fest, die er gerade geöffnet hatte.

Was!? Was wollte denn dieser schräge Typ auf seiner Geburtstagsparty? Reflexartig schüttelte er die Hand, die sein Kollege ihm hinstreckte, und starrte ihn weiterhin fassungslos an.

Doch Renz grinste nur. „Hat mich ja echt total überrascht, dass Sie ausgerechnet mich zu Ihrer Geburtstagsfeier eingeladen haben."

„Ich habe dich nicht eingeladen", schrie es in Alexanders Kopf. „Du bist der Letzte, mit dem ich meinen Geburtstag feiern möchte."

Der Mann hielt noch immer seine Hand fest. „Na, da nun die Einladung schon so persönlich war, ist das ja wohl der richtige Moment, um zum Du zu wechseln. Ich bin der Matthias."

Ein Albtraum. Dieser karrieregeile Vollpfosten stand vor seiner Tür – und wollte offensichtlich mitfeiern. Dabei hatte sich Alexander so auf einen entspannten Geburtstag mit seinen engsten Freunden gefreut.

Matthias ließ seine Hand los. Endlich. „Ich finde das ein total tolles Signal von Ihnen ... Quatsch ... von dir. Ich hab ja auch gemerkt, dass die Stimmung zwischen uns gelegentlich etwas ... na, sagen wir ... angespannt war. Und da kann so ein gemeinsamer Abend natürlich das Eis brechen. Klasse Idee!"

Alexander fühlte eine Eiseskälte in sich aufsteigen. Ich will einfach nur, dass du verschwindest. Bitte. Löse dich auf! In nichts. Gerne auch für immer! Dann schnappst du mir wenigstens nicht das neue Projekt in Spanien vor der Nase weg. Komm, geh einfach!

Aber es war zu spät. Was sollte er denn machen? Seinen Kollegen wieder heimschicken? Das hätte den Betriebsfrieden in der Abteilung für die nächsten zehn Jahre vergiftet.

Widerwillig trat Alexander zur Seite und winkte Matthias ins Haus.

Da drang eine schrille Stimme durch die Hecke: „Huhu! Wartet auf mich. Ich husch gleich mit ins Körbchen. Na, ihr beiden, das wird ja ein tolles Fest."

Frau Bornschier, die Abteilungssekretärin, bemühte sich, ihren voluminösen Körper, den sie in ein Sechzigerjahre-Blümchenkleid gezwängt hatte, an den Mülltonnen vorbeizudrücken.

Mein Gott, die Bornschier, das größte Lästermaul der Firma. Und dabei auch noch total unzuverlässig und ständig krank.

Als Matthias Renz an Alexander vorbei in den Flur trat, raunte er ihm ins Ohr: „Warum hast du denn dieses wandelnde Brechmittel eingeladen? Du hast ja wirklich einen erstaunlichen Geschmack. Ach so, ... na klar, du willst was für das Klima im Büro tun. Respekt! Echt Respekt!"

Ich habe euch nicht eingeladen, durchfuhr es das Geburtstagskind. Jetzt krieg ich Pest und Cholera gleichzeitig ins Haus.

Langsam spürte er Wut in sich aufsteigen. Nein, von denen würde er sich seinen Geburtstag nicht vermiesen lassen: Ist doch völlig egal, was die von mir denken. Die haben auf meiner Feier nichts zu suchen – und ich schmeiße sie jetzt raus. Beide. Und zwar sofort. Wenn die mich ...

Als die Abteilungssekretärin ihm hektisch einen bunten Blumenstrauß mit einer lila Glaskugel in die Hand drückte und ihn dann in ihrem Überschwang umarmte, räusperte sich Alexander: „Liebe Frau Bornschier, da muss es sich um ein ...“

„Happy Birthday, mein Lieber!“, kam es just in diesem Moment von der Seite.

Die füllige Frau fuhr herum: „Herr Dr. Graf. Welch eine Freude.“ Und zu Alexander gewandt fügte sie hinzu: „Wie schön, dass Sie den Chef auch eingeladen haben. Aber heute Abend bitte nichts Dienstliches. Ja?“

Alexander schob sie ein wenig unsanft an sich vorbei ins Haus.

Dr. Graf dagegen zerdrückte ihm fast die Finger, als er mit sonorer Stimme sagte: „Chapeau, mein Lieber. Sie haben das Zeug zu Höherem. Beeindruckend, wie Sie die aufgeheizte Atmosphäre in der Abteilung erspürt haben und Ihren Geburtstag nutzen, um ein Fundament für die Zukunft zu legen. Brillant. Also: diese Einladung.

Wenn Ihr Rotwein so gut ist, wie Ihre Fähigkeiten, dann wird das ein ganz besonderes Fest. Ha ha. Hier, ich habe Ihnen den neuen Roman von Paul Auster mitgebracht. Sie sind doch so 'ne Leseratte. Ah, ich sehe schon, da ist die Garderobe.“

Wie in Trance führte der verwirrte Mann seine Gäste, die sich im Flur versammelt hatten, ins Wohnzimmer, versorgte sie mit Getränken und entschuldigte sich dann. Er müsse kurz nach dem Essen sehen.

Kaum hatte er den Raum verlassen, sprintete Alexander in sein Kellerbüro an den Rechner und öffnete, ohne sich zu setzen, seinen E-Mail-Account.

Da! Eine neue Mail. Von Georg. Hatte der etwa abgesagt? Georg, sein bester Freund?

„Lieber Alex. Dir herzlichen Glückwunsch zum Geburtstag. Wundere

mich, dass es diesmal gar keine kurzfristige Einladung zu einer Fete gibt. War doch absolut super in den letzten Jahren. Na, wahrscheinlich bist du diesmal mit deiner Liebsten allein unterwegs. Im Kino. Oder was ihr sonst so treibt. Halt die Ohren steif. Freu mich, wenn wir uns bald wiedersehen. Dein Georg."

Alexander ließ sich in den Schreibtischstuhl fallen. Verdammt noch mal. Was war denn hier los?

Er atmete mehrfach tief durch, dann öffnete er den Ordner mit den gesendeten E-Mails. Da war sie doch ... seine Einladung: *„Hey, ich habe Geburtstag und mach wie immer am Freitag ein spontanes Fest. Kommt einfach vorbei. Rückmeldung nicht nötig. Für Essen und Trinken ist gesorgt."*

Und dann durchzuckte es ihn. O Gott!

Natürlich: Er hatte seine Kontakte in Gruppen geordnet. Und statt die Gruppe „Freunde" anzuklicken, war er offensichtlich mit der Maus auf die Gruppe „Firma" gekommen und hatte seine Einladung statt an seine besten Freunde an die Kolleginnen und Kollegen seiner Abteilung geschickt.

Scheiße. Scheiße. Scheiße!

Und jetzt?

Alexander ließ den Kopf in die Hände sinken. Da war nichts mehr zu machen. Er musste mit diesen komischen Leuten feiern, die ihm schon während der Woche unglaublich auf den Senkel gingen.

Mann! So was Absurdes. Stand so eine verrückte Geschichte nicht schon in der Bibel? Ja, erzählt nicht Jesus von einer Party, bei der die gewünschten Gäste nicht kommen – woraufhin der Gastgeber einfach Leute von den Hecken und Zäunen einlädt? Oder so ähnlich. War dann wohl doch ganz gut geworden.

Er schloss kurz die Augen und stieg anschließend seufzend wieder die Treppe hoch.

Irgendwann gegen zehn setzte sich Matthias Renz, also neuerdings „der Matthias", zu ihm aufs Sofa und murmelte alkoholschwanger: „Du, Alex, dieses interessante Projekt in Spanien. Wollen wir das nicht zusammen machen? Ich hab' schon mit dem Chef gesprochen. Er fänd's gut. Und weißt du was: Die Bornschier ist gar nicht so schlimm. Nur gestresst. Pflegebedürftige Mutter und so. Aber ich glaube, die wird in Zukunft viel kooperativer sein. Tolle Party übrigens. Du bist ein Mordskerl."

Alexander stand auf, stellte sich vor den alten Biedermeierspiegel im Flur und prostete sich selbst zu: „Herzlichen Glückwunsch!"

Seit Jahrhunderten fragen sich die klügsten Denkerinnen und Denker: Wie konnte es passieren, dass das „Hohelied der Liebe" in den Kanon der Bibel aufgenommen wurde? Ein Text voller Sinnlichkeit, Hingabe und Erotik? Vielleicht gibt diese kleine Geschichte eine Antwort.

2

Die zwei Liebesbriefe

„Geht es dir um Geld?" Der verängstigte Kurier lag auf der Erde. Er hielt beide Hände abwehrend vor das Gesicht, blinzelte nervös und blickte fragend zu dem verschwitzten Jüngling auf, der ihn brutal vom Pferd gerissen hatte.

„Nein, es geht um Liebe!", antwortete der dunkelhäutige Verfolger lakonisch, „Gib mir die Briefe, und ich lasse dich gehen!"

Die Gesichtszüge des am Boden Liegenden entspannten sich schlagartig, er erhob sich langsam, klopfte den Staub aus seinen Kleidern und begann dabei – erst ein wenig, dann immer lauter – zu lachen: „Willst du damit sagen, dass du mich überhaupt nicht ausrauben willst? Ich glaube es nicht. Als ich gesehen habe, wie du hinter mir aufgetaucht bist, dachte ich natürlich, du seist einer dieser miesen Straßenräuber, die einem überall begegnen. Da bin ich einfach losgaloppiert, wie ein Verrückter. Ich dachte, mein letztes Stündchen schlägt. Du bist schon ein komischer ..."

„Gib mir die Briefe!" Der Jüngling hatte nicht mitgelacht. Er wischte sich unkonzentriert den Schweiß aus dem Gesicht und klopfte seinem Pferd beruhigend auf den Hals. Das Tier sah erschöpft aus, und der Überfallene bemerkte erst jetzt, dass der gesamte Körper des jungen Mannes vor Aufregung zitterte. Nur mühsam konnte er sich noch auf den Beinen halten. Wahrscheinlich war er die ganze Nacht geritten.

Da packte der Jüngling unerwartet zu. Er riss den kleinwüchsigen Mann hoch, schüttelte ihn durch, schrie erst einmal laut auf und flüsterte dann flehentlich: „Gib mir endlich die Briefe! Bitte!"

„Ich weiß überhaupt nicht, wovon du redest", wehrte sich der Bedrängte, „ich bin zwar ein Kurier, aber ich bringe Proben afrikanischer Seide in die Stadt, damit mein Chef demnächst große Geschäfte macht. Manchmal arbeite ich auch als Weinlieferant oder Aushilfe im Lager. Aber Briefe … Briefe habe ich noch nie transportiert."

Schluchzend brach der junge Mann am Hals seines Pferdes zusammen und fiel auf die Knie: „Du bist es gar nicht! Du bist nicht der Bote? Dann ist alles aus. Dann hat alles keinen Sinn mehr. Verflucht! Warum lässt Gott das zu? Ich … ich habe ihm doch ein solches Meisterwerk geschrieben; das Schönste, das mir je zu seinem Lob eingefallen ist … und meine Liebste, was wird sie sagen? An einem einzigen Tag, an einem solchen Festtag, verliere ich nicht nur meine Arbeit, sondern auch die Frau, die ich liebe!"

„Unter uns, bist du sicher, dass du nicht auch den Verstand verlierst? Du redest ziemlich wirres Zeug." Unsicher, was er mit dem Jüngling anfangen sollte, der da hemmungslos weinend vor ihm kniete, begann der Seidenlieferant an seinem schon ergrauten Bart zu nesteln.

Als von dem Verzweifelten keine Antwort kam, lockerte er die Bauchgurte der Pferde, rieb sie mit Stroh ab und führte sie zu einer kleinen Pfütze, um sie zu tränken.

„Halt, lass das", erklang plötzlich die Stimme des erschöpften jungen Mannes: „Ich muss sofort wieder los, der Bote kann noch nicht weit sein. Ich muss versuchen, ihn zu erwischen, bevor er die Stadt erreicht! Vielleicht schaffe ich es so …"

Der Ältere stellte sich dem erhitzten Jüngling in den Weg: „Das hat keinen Zweck. Dein Pferd ist völlig am Ende. Wenn du ihm keine Pause gönnst, bricht es zusammen. Wenigstens eine Viertelstunde. Lass uns ein Stück zu Fuß gehen. Dann bleiben die Tiere warm. Und du siehst mir auch aus, als könntest du eine kurze Erholung gebrauchen. In dieser Verfassung will dich sowieso keine Frau haben. Vielleicht hast du ja Lust, mir zu erzählen, was dich so beunruhigt. Dafür bin ich dir auch nicht mehr böse, dass du mich so heftig in den Dreck geschmissen hast."

Langsam setzte sich der Zug der ungleichen Männer in Bewegung; ein verwahrloster kleiner mit selbstsicherem Schritt, den die Neugier forsch machte, und ein gebeugter großer, den seine Verzweiflung niederdrückte.

Eine Zeit lang gingen die beiden schweigend nebeneinanderher, bis der junge Mann irgendwann die Stille brach, leise und vorsichtig, als könne er sich selbst noch nicht recht glauben, fing er an zu sprechen.

„Meinen Namen brauchst du nicht zu kennen, aber so viel kann ich dir sagen: Ich bin ein bekannter Mann, und ich bin auch ein Poet. Ein Dichter. Vor zwei Wochen habe ich endlich den Auftrag bekommen, auf den ich so viele Jahre gewartet habe: Ich sollte ein episches Gedicht zum Lobe Gottes schreiben … und zwar das, das heute beim großen Fest in der Stadt vorgetragen wird. Du weißt, was diese Auszeichnung bedeutet. Ich war so stolz.

Und ich habe mir unfassbar viel Mühe gegeben, mehr als bei allen anderen Texten – nun … von einem vielleicht abgesehen. Nächtelang habe ich gegrübelt, doch die Worte wollten einfach nicht kommen; bis ich eines Morgens nach einem langen Gebet plötzlich spürte, dass es jetzt passieren wird. Ja: Gott selbst war bei mir, als ich an meinem Pult geschrieben habe, und es ist ein herrliches, inniges Gedicht entstanden, berauschend, anbetend und voller Liebe. Ich war dem Himmel so nah wie nie.

Aber die Liebe ist mir auch zum Verhängnis geworden. Ich habe nämlich gleichzeitig an einem Liederzyklus für meine Liebste gearbeitet: Ich dachte, der große Festtag wäre auch ein guter Anlass, sie um ihre Hand zu bitten. Darum habe ich allen Mut zusammengenommen und für sie ebenfalls in fantasievollen Bildern geschwelgt. Glaube mir: Jedes meiner Gefühle ist zu einem Lied geworden. Ich war sicher, sobald sie das liest, sagt sie ‚Ja'. Wenn du sie nur kennen würdest: Sie ist so einzigartig, so geistreich und fröhlich zugleich, die vollkommenste Frau der Welt …"

„Ja und?" Der Seidenlieferant schaute den zerrissenen Jungen kritisch an, „das klingt doch alles absolut wundervoll: Du hast zwei bewegende Texte geschrieben. Einen für Gott – einen für deine Liebste. Wozu die ganze Aufregung?"

Der Dichter blieb stehen und schaute sein Gegenüber mit großen Augen an: „Ich Idiot habe die Umschläge verwechselt!"

„Oh."

„Ja, wenn der Hohepriester meine privaten Liebesschwüre liest, bin ich ruiniert. Und sie erst! Meine Liebste! Sie wird denken, ich wolle mich über sie lustig machen!

Auf jeden Fall wird mich der Heilige Rat verstoßen. Warum musste ich in meinen intimen Gefühlsäußerungen auch so offenherzig sein. Ich dachte eben, in einem verführrerischen Liebeslied kann ich auch mal ein wenig … na ja … deutlicher werden … wenn du verstehst, was ich meine. Natürlich in ganz poetischer Form, aber ich wollte meine Freundin doch auf jeden Fall heiraten.

Jetzt glaube ich, ich muss verrückt gewesen sein. Stell dir vor:

Ich habe geschrieben, ihre Brüste seien wie Trauben, wie zwei junge Rehe, ich schwärme genießerisch von den Rundungen ihrer Hüften und vergleiche ihre Schenkel mit Marmorsäulen. Und das bei den konservativen Priestern; wenn die das zu lesen bekommen, ist alles aus. Mein Gott, ich bin krank vor Liebe."

Sein Weggefährte fasste plötzlich einen Entschluss: „Hier, nimm mein Pferd, es ist jünger und frischer als deines, reite, so schnell du kannst. Vielleicht schaffst du es noch. Ich treffe dich dann in der Stadt."

Vergeblich. Er kam zu spät. Vor dem Tempel hatte sich schon eine gewaltige Menschenmenge versammelt, erregt, murmelnd wie ein Gebirgsbach im Frühling. Vorne betrat just in diesem Moment der Hohepriester die Tribüne, um zu den Wartenden zu sprechen.

Verzweifelt versuchte der Jüngling, sich in einer letzten Kraftanstrengung zum Podium zu kämpfen, um seinen Irrtum vielleicht noch aufklären zu können. Aber es war sinnlos, die Menschenmenge stand zu dicht, niemand wollte auf das Flehen des Dränglers hören, und auch die gellenden Rufe des jungen Mannes verhallten ungehört.

Dann durchbrach die mächtige Stimme des Hohepriesters das Stimmengewirr: „Es ist unglaublich: Noch nie hat ein Poet es gewagt, die Liebe Gottes zu den Menschen in derart ungewöhnliche Bilder zu fassen. So, als ginge es um ein junges Liebespaar, beschreibt der Künstler das Verhältnis Gottes zu seinem Volk mit dichterischer Vollmacht und Kraft."

Er macht eine kunstvolle Pause: „Wir haben im Rat einmütig beschlossen, dieses bilderreiche Anbetungswerk das ‚Hohelied der Liebe' zu nennen, das ‚Lied der Lieder'."

Und dann kamen sie, seine Worte, die, die er eigentlich für seine Freundin geschrieben hatte, zärtlich und voller Hingabe. Der

Redner las kraftvoll, und die Menschen atmeten lautlos im Rhythmus seiner Sprache.

In diesem Augenblick spürte der ungläubig staunende Jüngling zwei Arme, die sich um seinen Körper legten.

„Du verrückter Dichter du, natürlich sage ich ‚Ja!', ich träume seit Monaten von nichts anderem."

„Sulamit?! Hast du ... meinen Brief bekommen?"

„Ja! Und deine Worte sind so wunderschön, so ungewöhnlich, ich wusste sofort, dass dieser Brief ein Heiratsantrag ist, auch wenn du wieder einmal nicht den Mut hattest, konkret zu werden. So ist das Ganze ja eher ein Gebet als ein Heiratsantrag. Ich habe dich aber doch verstanden! Deine Formulierungen verraten dich.

Und ich verspreche dir: Ich will dich auch mit aller Kraft lieben. Nur ... ‚allmächtig' darfst du mich nicht mehr nennen, das wäre vermessen. So eine Bezeichnung gebührt nur Gott."

Vorsichtig und ein wenig verwundert küsste sie dem weinenden Jüngling die Tränen aus dem Gesicht: „Hast du geglaubt, ich würde dich abweisen, du kleiner Träumer."

„Nein, es ist wohl alles so, wie es sein soll. Gott sei Dank!"

Perfect Love

Sebastian saß allein in dem Wartezimmer, das aussah, als wäre es soeben einem Möbelhauskatalog entsprungen: glänzende Stühle und Tische aus Glas und Edelstahl … kantige, fast surrealistische Formen … und an der Wand ein teurer Fotodruck, der ein Liebespaar an einem sonnigen Strand zeigte … während in der sonnendurchfluteten Bucht hinter den beiden eine spätmittelalterliche Galeone dabei war, den Anker zu lichten.

Die rothaarige Mitarbeiterin vom Empfang öffnete die Tür aus Rauchglas und beugte sich kurz in den Raum: „Es kann sich nur noch um ein paar Minuten handeln." Sie lächelte professionell: „Und machen Sie sich keine Sorgen, es wird alles gut."

Der junge Mann nickte nur wortlos, dann starrte er wieder auf das Bild mit dem beseelten barocken Paar am Meeresufer, während er versuchte, das flaue Gefühl in seinem Magen zu ignorieren. Wenn wenigstens sonst noch jemand mit ihm in diesem sterilen Raum gewesen wäre – aber nichts. Die Leere war mit Händen greifbar.

Er stand auf und holte sich von einem der Abstelltische einen Prospekt des Instituts, auf dessen Cover ihm in einer gestylten Wort-Bild-Marke der Titel „Perfect Love" entgegenstrahlte. Natürlich in Rot, aber nicht vulgär und knallig, sondern eher in einem feinen Purpurton, also bewusst seriös und gediegen.

Als er den gefalzten Flyer öffnete, sah er genau die Texte vor sich, die er auch im Internet gefunden hatte: *„Sie suchen … noch* *immer ... die große Liebe? Wir helfen Ihnen gerne dabei. Mit einem von uns entwickelten Programm, das wie kein anderes in der Geschichte eine Treffergenauigkeit von 100 % hat.*"

Normalerweise hätte Sebastian eine derart vollmundige Behauptung mit einem empörten Raunen abgetan, aber in den Online-Bewertungen gab es tatsächlich nur Fünf-Sterne-Kommentare – und sein alter Klassenkamerad Volker hatte ihm mit strahlenden Augen anvertraut, dass er und seine griechische Freundin Andrina auch über „Perfect Love" zueinandergefunden hätten. Und dabei hätte Andrina sogar die Initiative ergriffen. Jedenfalls wollten die beiden so bald wie möglich heiraten.

Wie dem auch sei: Als Sebastian beobachtet hatte, wie Andrina und Volker beim letzten Grillabend im Schrebergarten nur noch Augen füreinander hatten, war die Sehnsucht nach einer Beziehung in ihm so groß geworden, dass er sich entschlossen hatte, einen Versuch zu wagen. Nicht bei einer der üblichen Online-Partnerbörsen oder bei einem dieser Speed-Datings, bei dem man in zwei Stunden zwanzig Frauen „abchecken" musste, wie sein kleiner Bruder Andreas es ausdrücken würde, sondern mithilfe „eines wissenschaftlichen Ansatzes". Und genau den versprach der Hochglanz-Prospekt in seiner Hand.

Der junge Mann wollte gerade ans Fenster treten und den Ausblick in den Garten erkunden, als die Empfangsdame erneut ins Wartezimmer kam: „Prof. Rovelli ist jetzt frei. Würden Sie mir bitte folgen!"

Sebastian musste einmal schlucken, dann nahm er seine braune Lederjacke von einem der glitzernden Stühle und lief hinter der Frau her, die aus der Nähe fast wie eine Chef-Stewardess aussah.

Prof. Rovelli erwartete ihn an der Tür seines Büros und hielt ihm freudestrahlend die Hand entgegen. „Herzlich willkommen bei ‚Perfect Love', lieber Sebastian. Ich darf doch Sebastian sagen, oder? Ich meine: Es geht heute ja um ein sehr persönliches, ja, intimes Thema, da können wir sicher ganz offen miteinander reden. Ich bin Pietro. Ja, kommen Sie einfach rein und nehmen Sie in dem Sessel dort Platz."

Das „Behandlungszimmer" roch intensiv nach dem Aftershave des Professors, einem süßlich-herben Duft mit fast schon penetranter Vanille-Note. Doch ehe Sebastian weiter darüber nachdenken konnte, welches Parfüm das wohl sein könnte, sprach ihn der Geschäftsführer schon neugierig an: „So! Sie möchten also die wahre Liebe finden. Wie schön!"

Der junge Mann atmete zweimal tief durch. Dann sagte er vorsichtig: „Um ehrlich zu sein. Ich hatte ein paar Mal kein Glück mit meinen Beziehungen. Sie kennen das sicher: Am Anfang ist man total verliebt, und nach einiger Zeit merkt man: Der ... die andere hat eben doch so ihre Macken und Tücken. Es gibt Krach ... immer öfter ... und die vermeintliche Innigkeit geht nach und nach flöten ..."

Prof. Rovelli ... Pietro ... nickte ihm aufmunternd zu. Und so sprach er einfach weiter: „Dazu kommt. Ich hatte eigentlich bei allen Frauen, mit denen ich zusammen war, das Gefühl: Ja ... ja, das ist ein toller, attraktiver Mensch, aber irgendwie noch nicht wirklich DIE Frau fürs Leben."

Er schaute unsicher aus dem Fenster. „Manchmal frage ich mich sogar, ob ich nicht durch meine ewigen Zweifel entscheidend zum Zerbrechen meiner Beziehungen beigetragen habe. Weil ich immer dachte: Da gibt's bestimmt noch was Besseres, eine Bessere. Klingt jetzt vielleicht ein bisschen komisch, aber ich will ja ehrlich sein."

Er räusperte sich kurz: „Inzwischen bin ich so weit, dass ich mich frage ..."

Pietro unterbrach ihn: „... ob es die wahre Liebe überhaupt

gibt? Richtig? Dafür brauchen Sie sich nicht zu schämen. Das ist vermutlich eine der ältesten Fragen der Menschheitsgeschichte: Habe ich den idealen Partner gewählt? Oder wartet irgendwo da draußen eine Frau, mit der ich noch eine ganz andere Dimension an Verbundenheit erfahren könnte?"

Ein Strahlen ging über sein Gesicht. „Sebastian ... ich kann Sie beruhigen. Wir von ‚Perfect Love' sind der festen Überzeugung: Ja, für jede Frau und jeden Mann existiert ein perfektes Gegenüber. Die oder der Seelenverwandte. Der eine Mensch, mit dem sie oder er unfassbar glücklich werden kann. Diese Person gibt es! Und sie wartet auf Sie. So, wie Sie auf diese Person warten. Vor allem aber: Wir können diesen Menschen für Sie finden. Ist das nicht eine wundervolle Nachricht?"

Sebastian stützte sich mit beiden Händen auf die Armlehnen des Sessels und beugte sich nach vorne: „Wenn es funktioniert ... dann ja. Dann ist das eine wundervolle Nachricht. Aber verraten Sie mir, wie Sie das machen?"

Der Professor lachte: „Wie das Ganze technisch funktioniert, kann ich Ihnen nicht mal schnell zwischen Tür und Angel erklären, aber es geht um ein komplexes Zusammenspiel aus Genetik, Genealogie, Psychologie und Neurolinguistik. Im Grunde ist es so: Aufgrund unfassbarer Datenmengen prüfen unsere Algorithmen, wie viele ‚Matches' – wie wir das nennen –, also: charakterliche Kongruenzen, Sie mit einer anderen Person haben. Bis wir tatsächlich die eine Frau finden, die für Sie das vollkommene Glück auf Erden bedeutet."

Der junge Mann zog die Augenbrauen zusammen: „Aber was ist denn, wenn die Frau, die optimal zu mir passt, gar nicht in ihrer Datei registriert wurde?"

Pietro schüttelte milde lächelnd den Kopf. „Nein, so funktioniert das Ganze nicht. Unsere Rechner vergleichen Ihre Daten mit … ja, mit allen Menschen der Welt. Hat Ihnen das Ihr Freund Volker nicht erzählt: Er war ja auch nicht bei uns registriert, aber seine Partnerin Andrina hat damals in unserer Zweigstelle in Thessaloniki eine Partner-Suche gestartet – und unser Programm ist auf Volker gestoßen. Hier in Deutschland."

Er strahlte Sebastian an: „Sehen Sie: Die meisten Menschen glauben in ihrer Naivität – bewusst oder unbewusst –, der perfekte Partner müsse auf jeden Fall aus ihrem Kulturkreis kommen. Das ist aber völliger Unsinn. Warum sollte Ihre perfekte Lebensgefährtin nicht in Aserbaidschan, Uruguay oder Feuerland darauf hoffen, Ihnen endlich zu begegnen?"

Darüber hatte Sebastian noch nie nachgedacht, aber die Erklärung leuchtete ihm sofort ein. „In Ordnung. Ich muss das jetzt erst mal für mich sortieren. Also, noch mal: Sie behaupten ernsthaft, dass Sie für mich unter allen Menschen der Welt die Frau finden können, die am besten zu mir passt. Richtig?"

Pietro nickte: „Richtig. Und nicht nur das …" Er breitete die Arme aus, als wolle er Sebastian väterlich umarmen. „… ich habe gleich eine Riesenüberraschung für Sie." Er beugte sich vor. „Achtung: Wir haben Sie ja im Vorfeld gebeten, uns schon einige Informationen über sich und eine Blutprobe zur Verfügung zu stellen. Die Prozesse zur Ermittlung einer ‚Perfect Love' dauern nämlich trotz der enormen Rechenleistung unserer Systeme mehrere Tage. Deshalb habe ich mir erlaubt, Ihre Daten vorab einzugeben."

Er beugte sich nach unten und zog aus der obersten Schreibtischschublade einen samtenen purpurfarbenen Umschlag hervor. „Voila! Ta ta! Hier drin steht, wer Ihre absolute Traumfrau ist! Ihr ‚perfect match'!"

Unwillkürlich streckte Sebastian die Hand aus, aber der Professor hielt den Umschlag noch fest. „Langsam, langsam."

„Ich will sie sehen! Die Frau! Meine Traumfrau! Aus welchem Land stammt sie denn?"

Pietro atmete durch die Nase aus. „Noch einen Augenblick Geduld, bitte. Ich habe Ihnen nämlich noch nicht alles erklärt. Es gibt da eine weitere, ungewöhnliche Herausforderung."

Er atmete einmal tief durch. „Passen Sie auf: Wir alle gehen normalerweise nicht nur davon aus, dass unser Traumpartner aus unserem eigenen Kulturkreis stammt, wir vermuten unerklärlicherweise auch, dass unser vollendetes Gegenüber genau dann lebt, wenn wir leben. In unserer Zeit. Aber …"

Er schaute Sebastian eindringlich an: „… das stimmt nur in den wenigsten Fällen. Sehr selten sogar, um genau zu sein."

Der Professor neigte den Kopf zur Seite. „Was heißt das konkret? Nun: Unsere Rechner finden für Sie die absolut perfekte Frau. Aber …" Er schaute Sebastian lange in die Augen. „… aber es kann sein, dass diese Frau gar nicht in unserer Zeit lebt, sondern im … ja, vielleicht im 17. Jahrhundert … oder im Mittelalter … in der Antike … oder in der Steinzeit. Dass Sie nur das Pech hatten, nicht in der gleichen Epoche geboren zu sein."

Er kicherte: „Aber ich kann Sie beruhigen: Unsere hoch qualifizierten Ingenieure sind inzwischen in der Lage, Sie kurzerhand in die jeweilige Zeit zu schicken. Ja, ich weiß, dass das verblüffend klingt, aber wir besitzen eine Art Zeitmaschine. Großartig, oder?"

Er nickte Sebastian aufmunternd zu. „Der Haken ist nur: Zurzeit gibt es keine Möglichkeit, Sie auch wieder zurückzuholen."

Er hielt noch einmal den edlen Umschlag hoch, den er vor sich auf den Tisch gelegt hatte: „Also: Keine Frau kann und wird sie jemals so glücklich machen wie diejenige, deren Namen hier drin vermerkt ist. Das kann ich Ihnen garantieren. Diese Frau ist für Sie … the ‚Perfect Love' … die passendste Frau aller Zeiten … im wahrsten Sinne des Wortes. Eine bessere werden Sie nicht finden.

Nebenbei, ich habe mir das Bild Ihrer Auserwählten schon mal angeschaut: Sie sieht umwerfend aus."

Sebastian fing an zu lachen. Erst leise, dann immer lauter. „Sie veräppeln mich. Oder? Das hier ist ‚Versteckte Kamera' oder so was. Das gibt es doch gar nicht."

Der Professor erhob sich wortlos und holte aus einem Regal hinter sich einen Korb aus Leder. Dem entnahm er einige Utensilien, die er demonstrativ vor sich ausbreitete: „Hier ein Papyrus aus dem 4. Jahrhundert vor Christus, nachweislich damals beschrieben ... in heutigem Deutsch, von einem Mann, der am Nil der Pharaonen seine Traumfrau getroffen hat.

Oder hier ... ein Pergament aus dem 14. Jahrhundert, mit dem Dank einer lange Zeit sehr einsamen Frau, die dort bei einem kreativen Bäckermeister ihr Lebensglück gefunden hat ... oder hier ... eine Schiefertafel aus Mesopotamien ... an uns adressiert ..."

Der junge Mann saß mit offenem Mund da. Dann stotterte er: „Sie ... Sie behaupten ernsthaft: Dieser Umschlag hier verrät mir, welche Frau aus der Gegenwart ... oder der Vergangenheit mir das vollendete Liebesglück schenken kann ... mit dem Risiko, dass ich dafür als ... was weiß ich ... als Legionär im antiken Syrien, als Seefahrer auf der Mayflower oder als Indianer in Peru meine Zeit verbringen muss?"

Pietro strahlte: „Genau so ist es."

Er biss sich auf die Unterlippe, dann fuhr er fort: „Und ich kann Ihre Verwirrung verstehen. Nur bitte fragen Sie sich ganz ehrlich: Worauf kommt es im Leben an? Ja, seien Sie absolut ehrlich zu sich selbst: Worauf kommt es wirklich an?

Wenn Sie die Wissenschaft fragen, dann ist die Antwort eindeutig: Alle Studien, die bislang zu dieser Fragestellung gemacht wurden, kommen zum gleichen Ergebnis ... am Ende seines

Daseins lauten die entscheidenden Fragen eines Menschen nicht ‚Was habe ich verdient?', ‚Wie viel Anerkennung habe ich bekommen?' oder ‚Hatte ich Macht? … o nein …"

Er machte wieder eine kunstvolle Pause. „… am Ende zählt immer nur eines: ‚War mein Leben voller Liebe?' Oder nicht? … ‚War ich wirklich glücklich, weil ich lieben konnte und geliebt wurde? … oder habe ich dieses Glück nicht erfahren.'"

Er deutete noch einmal auf den Umschlag. „Tatsache ist: Mit dieser Frau hier werden Sie eine Liebe erleben, wie mit keiner anderen. Die perfekte Liebe."

Der Professor legte die Hand auf die Brust: „Die Frage ist, ob Sie zu einem solchen Abenteuer bereit sind. Ob die Liebe für Sie tatsächlich die wichtigste Rolle in Ihrem Leben spielt? Sprich: Ob Sie mutig genug sind, für das vollendete Liebesglück eventuell eine ganz neue Welt kennenzulernen.

Denn eines gehört zu den Prinzipien unseres Hauses … übrigens seit unserer Gründung: Sobald Sie diesen Umschlag öffnen, stimmen Sie zu, die Reise auch anzutreten … weil Sie hier ohnehin nicht mehr glücklich werden würden. Sie hätten dann ja Ihre Traumpartnerin schon einmal gesehen – und keine andere Frau könnte Ihre Sehnsucht jemals wieder erfüllen … weil Sie immer wüssten: Da ist diese andere!

Also, wie sieht es aus? Wollen Sie den Umschlag haben oder nicht?"

Sebastian schluckte, dann sagte er: …

Kreuzweg

Hey, Wirt! Schenk noch mal ein!

Ja, ja, mach ruhig richtig voll. Randvoll. Los, nicht so schüchtern. Oder denkst du, ich kann nicht zahlen?

Was hast du denn? Ist es, weil ich ein Schwarzer bin? Weil ich aus Kyrene komme? Weil ich anders aussehe als ihr?

Hör mal: Ich zahle meine Steuern genau wie jeder hier. Und meine Söhne, Alexander und Rufus, die blechen auch. Und wie! Sie gehen jeden Tag auf den Acker. Wie ich ... ich, Simon. Ja, wir sorgen dafür, dass ihr ... dass ihr alle was zu fressen habt.

Vergiss es.

Pass auf! Moment. Hier! Hier ist eine Münze.

Also, hör auf, mich so belämmert anzugucken, und gib mir noch was von dem Wein.

Du, ich mag es nicht, wenn man mich so anstarrt. Was hast du denn?

Ach so, ...

Ist es wegen dem Blut auf meinem Gewand?

Wart mal ... hab' ich etwa auch Blut im Gesicht?

Mist, ich bin ja überall total verschmiert. Warum sagt mir das denn keiner?

Du, echt, das tut mir leid. Wahrscheinlich sehe ich aus wie ein Schlachter. Oder wie ein Priester, der gerade ein Opfertier zerlegt hat. Oder wie ein Wahnsinniger.

Glaub mir, so fühle ich mich auch.

Aber um dich zu beruhigen, Wirt: Ich bin kein Mörder. Das hier ist zwar das Blut eines Menschen, aber ich habe niemanden umgebracht. Im Gegenteil.

Hey! Was glotzt ihr denn alle so? Kümmert euch um euren eigenen Kram.

ICH HABE NIEMANDEN UMGEBRACHT!

Also braucht ihr auch keine Angst zu haben. Ich tu keinem was zuleide. Ich will einfach nur was trinken. Auf den Schreck. Auf das Wunder.

Hey du da. Steck das Messer weg. Hast du nicht zugehört? Ich bin nicht gefährlich.

Ist schon gut. Ganz ruhig.

Passt auf, ich erzähle euch, was passiert ist.

Moment, ich will erst mal einen ordentlichen Schluck nehmen. Also …

Vorhin komme ich vom Feld zurück in die Stadt … und freue mich unfassbar auf ein deftiges Essen. Sarah, die Frau meines Sohnes Alexander, kocht freitags immer einen Eintopf.

Doch als ich direkt hinter dem Tor entlanglaufe, sehe ich schon von Weitem, dass sie wieder mal ein paar arme Schweine durch die Straßen treiben … na ja … irgendwelche Typen eben, die zum Tod verurteilt wurden … und auf die vor der Stadt ein Kreuz wartet.

Gut, da bin ich halt hin. Ganz kurz.

Wollte nur schnell gucken, was das für Kerle sind.

Und ob dieser eine dabei ist … ihr wisst schon … dieser Jeschua, von dem sie alle seit Monaten reden. Der angeblich behauptet hat, er wäre der Messias, der von Gott verheißene Retter, auf den ihr Juden schon so lange wartet.

Na, ich bin kein Jude. Mir war die ganze Aufregung um diesen Jeshua ziemlich egal. Aber wenn da einer so viel Aufmerksamkeit erregt, dann kann man ja mal einen Blick riskieren.

Und tatsächlich: Als ich mich zwischen zwei kräftigen, keifenden Frauen an den Straßenrand dränge, sehe ich ihn vor mir, keine zehn Meter entfernt. Also, diesen „Messias".

Ich musste erst mal schlucken. Und wie.

Sie hatten ihn nämlich übel zugerichtet. Sein ganzer Körper war mit Striemen von Peitschen übersät. Grausam. Und dazu haben sie ihm noch eine aus Dornenranken geflochtene Krone auf den Kopf gedrückt. Könnt ihr euch das vorstellen?

Glaubt mir: Die spitzen Dornen hatten sich tief in seine Haut gegraben.

Ja, er konnte kaum noch etwas sehen, weil ihm das Blut aus den Wunden auf seiner Stirn direkt in die Augen gelaufen ist. Widerwärtig.

Doch dann ging auf einmal ein Raunen durch die Menge der Schaulustigen. Wie ein gemeinsamer, unterdrückter Schrei.

Jeshua war hingefallen.

Unter der Last des Kreuzes zusammengebrochen. Einige lachten. Andere fingen an, miteinander zu diskutieren.

Der „gefallene Messias"! Der Retter am Boden.

Und weil er so viele Wunden hatte, färbte sich unter ihm der Boden rot. Ja, sein Blut floss in die Ritzen zwischen den Steinen.

Zwei Soldaten zogen ihn hoch, zurück auf die Beine – und befahlen ihm, gefälligst weiterzulaufen.

Einer der beiden trat Jeshua dabei kräftig in den Rücken, was ihn wie eine Puppe nach vorne schnellen ließ.

Doch er stand einfach nur da.

Nein, so kann man es nicht sagen.

Jeshua bemühte sich. Er versuchte verzweifelt, ein Bein vor das andere zu setzen.

Taumelte schon wieder.

Wankte.

Verzog das Gesicht vor Anstrengung.

Und atmete so laut, dass man es durch die gesamte Straße hören konnte.

Da hob der eine Soldat angewidert die Hand und deutete auf mich.

„Was? Ich?"

Ich versuchte, mich unauffällig zu verdrücken. Vor allem, weil ich es hasse, dass mich alle wegen meiner dunklen Haut für einen Sklaven halten. Ich bin kein Sklave. Ich bin ein freier Mann. Wie ihr.

Doch der Römer kam schon drohend auf mich zu.

„Du da. Hilf diesem Verbrecher, sein Kreuz zu tragen. Ja, dich meine ich. Beweg dich hier rüber. Oder möchtest du im Gefängnis landen?"

Ich verfluche dieses elende Recht, das den Besatzern die Macht gibt, uns einfach willkürlich für irgendwelche Dienste in Anspruch zu nehmen. Aber was blieb mir übrig. Ich musste gehorchen.

Zögernd lief ich auf diesen Jeshua zu. So langsam, dass mir der Soldat auch schon einen Stoß versetzte.

O Mann, dachte ich. Wie soll ich denn diesen groben Balken anfassen? Wie soll ich das Ding bloß hochwuchten? Schließlich hängt da ein Mensch dran.

Schließlich wurde mir klar: Ich konnte das Kreuz nur auf eine Weise tragen … dadurch, dass ich Jeshua selbst stützte.

So wand ich mich unter seinen rechten Arm, den sie schon an das Holz gebunden hatten, und legte meinen Arm um seine Hüfte, sodass er sein Gewicht ganz auf meine Schulter stützen konnte.

Er stöhnte kurz auf, weil ich vermutlich dabei einige offene Wunden berührt hatte, aber es war wirklich der einzige Weg, ihm zu helfen.

Dann zog ich ihn mit mir. Schritt für Schritt. Die Straße entlang. Richtung Golgatha.

Danke, Wirt. Du erkennst, was ein Mann braucht. War mein Becher schon wieder leer? Na ja, Erzählen macht eben durstig. Das hast du gut erkannt. Gib hier dem Mann mit dem Messer auch noch einen Schluck. Er sieht so aus, als hätte er ihn nötig.

Wo war ich?

Genau, ich stolperte mit Jeshua durch die Menge. Angetrieben durch die erbosten Rufe der Römer.

Und dabei passierten lauter Dinge gleichzeitig.

Zuerst spürte ich, dass Jeshua, der anfangs noch verzweifelt versucht hatte, selbst zu laufen, sich auf einmal ganz auf mich fallen ließ. Ja, er ließ sich von mir tragen. Und ein tiefer Seufzer kam aus seinem blutverklebten Mund.

Ich hatte sofort den Eindruck, er wolle mir – oder sich selbst – damit was sagen. Ich weiß nicht genau, was. Aber es hörte sich an wie: „Man ist erst dann ein Mensch, wenn man lernt, sich von anderen tragen zu lassen."

Vielleicht irre ich mich aber auch.

Dazu war die Situation viel zu verworren.

Auf jeden Fall fühlte es sich an, als kommunizierten wir miteinander. Lautlos. Über unsere Körperflächen, die aneinandergedrückt wurden. Und ich erkannte, dass in diesem zerschundenen, gemarterten und gedemütigten Körper trotz all des Leids eine ungeheure Kraft wohnte. Keine Kraft der Muskeln. Eine Kraft der … keine Ahnung, wie ich es ausdrücken soll … eine Kraft eben. Und zwar eine unglaubliche Kraft.

Als ich Jeshua gerade fragen wollte, was er mir denn sagen wolle, stürzte eine Frau vom Straßenrand auf uns zu, zog ein Tuch aus Muschelseide aus ihrem Gewand und wischte dem Mann zärtlich das Blut aus den Augen.

„Ich bin Veronika", sage sie, „erinnerst du dich an mich, Jeshua? Ich bin die Frau, die zwölf Jahre lang am Blutfluss gelitten hat. Ich wurde geheilt, als ich dein Gewand berührte. Ich musste nur dein Gewand anfassen. Und mein Leiden war beendet. Das werde ich nie vergessen."

Aus Jeshuas Kehle kam ein Röcheln. Doch ich sah, dass er sie erkannte. Und er hielt ganz still, als der feine Stoff über seine Haut glitt.

Sofort kam der römische Soldat und riss Veronika weg. Brutal. „Lass den Verurteilten in Ruhe. Kapiert?"

Ich stapfte ängstlich weiter und sah noch aus den Augenwinkeln, dass die junge Frau völlig verblüfft auf ihr Tuch starrte, als hätte sich darin das Gesicht Jeshuas verewigt. Aber das war sicher nur eine Täuschung.

Ich kann nicht sagen, wie lange wir zusammen brauchten, Jeshua und ich, bis wir die Schädelstätte erreichten. Waren es fünfzehn Minuten? Oder eine ganze Stunde? Es kam mir vor wie eine Ewigkeit. Nein … als hätte ich schon Anteil an der Ewigkeit.

Irgendwann herrschte mich der Soldat an: „Das reicht. Den Rest schafft er allein. Verpiss dich!"

Ich schaute Jeshua fragend an.

Er nickte. Unmerklich.

Dann sagte er leise: „Simon, Shalom – Friede mit dir."

Er kannte meinen Namen? Dabei waren wir uns nie zuvor begegnet.

Doch das war nicht das Entscheidende.

Das Entscheidende begriff ich erst, als ich meine Hand ansah, die ganz mit seinem Blut bedeckt war.

Hier, seht ihr diese Hand?

Schaut genau hin. Ganz genau!

Fällt euch etwas auf?

Nein, natürlich nicht.

Und das ... das ist das Unfassbare.

Lasst es mich erklären ...

Als ich ein Kind war, da ist mir ein schwerer Holzbalken auf die Hand gefallen. Damals brach sie mehrfach – und wuchs völlig falsch wieder zusammen. Ja, meine Hand war verkrüppelt. Total schief ... etwa so ...

Schaut, ich kann es gar nicht mehr richtig nachmachen. So schräg stand meine Hand all die Jahre ab. So!

Bis eben. Bis sie Jeshuas Körper auf seinem letzten Weg hielt. Und er mich heilte.

Jetzt greife ich den Becher mit Wein genauso wie jeder von euch.

Ihr glaubt mir nicht?

Meint ihr, das Erlebte hätte mir die Sinne verwirrt? Oder: Ich hätte jetzt vor lauter Aufregung doch zu viel von dem guten Wein gekostet?

Dann kommt mit. Ja, ihr alle.

Kommt mit in unser Haus. Da sind meine Söhne, meine Schwiegertöchter und meine Enkel. Die werden euch bestätigen, dass ich ein Krüppel war.

Wirklich. Ich meine das ernst. Es ist gar nicht weit. Nur ein paar Minuten.

Ja, auch du. Steck dein Messer weg und vertraue. Einmal nur.

Wisst ihr: Ihr müsst mir nicht glauben.

Ist ja auch egal.

Ich weiß nur eines: Wenn dieser Mann, dieser Jeshua, der Messias war ... also: Wenn er es ist, dann ist er nicht nur der Messias der Juden. Dann ist er der Messias für alle Menschen.

Selbst für mich, der ich schwarz bin und aus Kyrene komme.

Wollen wir los?

Sagt: Wer kommt mit?

Freizeitgestaltung

Die erste Mail kam schon Wochen vorher. Mit einem mahnenden Tonfall, den ich selbst auf dem Bildschirm zu hören vermeinte: „Herr Pfarrer, unsere Jule lebt gesundheitsbewusst. Äußerst gesundheitsbewusst. Wird in diesem kirchlichen Freizeitheim, in das Sie mit den Jugendlichen fahren wollen, denn auch biologisch und vollwertig gekocht?"

Ich hatte keine Ahnung. Aber ich antwortete einfach mal unverdrossen „Ja". Und wollte mich schon entspannt zurücklehnen. Doch von da an hörte der Besorgnis-Terror der Helikopter-Eltern nicht mehr auf. Wirklich, ich wurde förmlich bombardiert mit Nachrichten. Im Stundentakt.

Eine Konfirmandenmutter schrieb: „Magdalena weint seit Tagen, weil sie nicht mit Jeanette in ein Zimmer will (wegen Mobbing im Voltigier-Verein, wir klagen schon seit Monaten gegen den Reitstall). Und auch nicht mit Sarah (mangelnde Körperhygiene). Aber auf jeden Fall mit Henriette. Wir erwarten, dass Sie da eine Lösung finden." Ach ja? Wie denn?

Bewegend ebenfalls: „Unser Justin ist quasi gegen alle Nahrungsmittel allergisch. Außer gegen gedünsteten Brokkoli. Es wäre toll, wenn Sie während des Wochenendes für eine abwechslungsreiche Ernährung sorgen würden." Na, dann guten Appetit.

Oder folgende Forderung: „Marco geht jeden Abend um Punkt 8 Uhr ins Bett. Wegen seines zarten und sensiblen Gemüts. Bitte singen Sie ihm vorher ein Gutenachtlied. Vielleicht ‚Müde bin ich, geh zur Ruh.'" Wie bitte? Der Kerl ist 13 Jahre alt und knapp einmeterachtzig groß.

Madita hatte sich für die parallel zur Konfirmandenfreizeit stattfindenden „Deutschen Juniorenmeisterschaften im Curling" qualifiziert – woraufhin ihre Eltern großzügig anboten, sie trotzdem am ersten Abend für rund zwanzig Minuten vorbeizubringen, damit sie „das wertvolle Gemeinschaftsgefühl" nicht verpasst.

Und Jerome litt neuerdings so stark unter ADHS, dass man ihm nicht zumuten konnte, mehr als 10 Minuten ruhig in einem Raum zu sitzen. Ich würde das sicher verstehen und meine Pausen dementsprechend planen. Schrieb die alleinerziehende Mutter. Von irgendwo unterwegs.

Mein persönlicher Gewinner auf der nach oben offenen Wunschskala hyperbesorgter Erziehungsberufener bleibt jedoch: „Aufgrund bestimmter Lebensumstände war es uns nicht möglich, unserem Friedrich Manieren beizubringen. Aber dafür ist die Kirche ja da. Bitte kümmern Sie sich besonders um seine Tischsitten."

Natürlich kam dann alles genau so, wie ich es vermutet hatte: Die angeblich ach so biodynamische Jule futterte das ganze Wochenende nur ultrafettige Chips ... aus riesigen Tüten, die sie auf wundersame Weise aus ihren Koffern auftauchen ließ, Magdalena und Jeanette, die vermeintlichen Erzfeindinnen, waren ein Herz und eine Seele, den „zartbesaiteten Frühschläfer" Marco erwischte ich nachts um zwei randalierend im Mädchenzimmer, und der allergische Justin grinste mich nur an, als ich ihm das schon halb verschlungene Schnitzel aus der Hand reißen wollte: „Wegen dem bisschen Ausschlag fress' ich doch nicht nur Brokkoli. Wie bescheuert ist das denn?"

Ach ja, und ich glaube auch, dass mich Marco und seine Freunde heimlich mit dem Handy gefilmt haben, als ich am ersten Abend versuchte, im Jungenzimmer ein kleines Schlaflied anzustimmen. Zumindest drohen sie mir jetzt damit, das Ganze auf YouTube zu stellen.

Nebenbei: Friedrich aß tatsächlich wie ein Schwein, aber als ich ihn darauf hinwies, dass Sarah erstaunlich oft zu ihm herüberschaute, da richtete er sich plötzlich auf und konnte ganz gesittet sein Essen zu Ende bringen.

Nun, eigentlich wollte ich auf dieser Freizeit ja über das Thema „Abendmahl" sprechen, aber wir machten dann doch lieber drei Unterrichtseinheiten zur Herausforderung „Meine Eltern und ich". Und fast alle erzählten, wie sehr ihre Bezugspersonen sie kontrollieren wollten.

Das schrieb mir sogar die ultrasportliche Madita. Nachher. „Es ist total schade, dass ich bei der Konfirmandenfreizeit nicht dabei sein konnte. Um ehrlich zu sein: Ich hasse Curling. Aber mein Vater findet das eben super. "

Fast 'en Gottesdienst

Das Schild war eher unscheinbar. Ein Stück Pappe. Herausgerissen aus einem Paket oder einem Karton. Seitlich in die Kirchentür geklemmt.

Deshalb bemerkte es anfangs auch keiner.

Die Gottesdienstbesucher rüttelten überrascht an der Tür. Schüttelten den Kopf. Und sahen einander ratlos an. Erstaunlicherweise drückte jeder, der neu dazukam, auch noch einmal auf die kalte Klinke, obwohl die anderen ja schon aufgeregt berichtet hatten, was ihn erwartete.

Die Kirche war zu.

Einige schauten verwundert auf die Uhr. Zeitumstellung? Nein, die Uhrzeit stimmte. Außerdem läuteten ja die Glocken. Laut und unverwechselbar.

Die Kirchentür war ernsthaft zu.

Abgeschlossen.

Auch wenn einige es nicht lassen konnten und immer wieder aufs Neue versuchten, sie zu öffnen. Mit zunehmendem Krafteinsatz.

Ein älteres Pärchen lief zum Schaukasten an der Straße und kam mit ratlosen Gesichtern zurück. „Da steht nur ‚Sonntag Invokavit: 10 Uhr Gottesdienst'. Sonst nichts. Ob da was passiert ist? Vielleicht ein Unfall?"

Eine Konfirmandin, der man die Freude über die unverhoffte Irritation deutlich ansah, entdeckte schließlich das Schild, zog die Pappe heraus und hielt sie triumphierend hoch.

„Hier. Das erklärt alles."

Bevor einer der Erwachsenen ihr das Fundstück aus der Hand reißen konnte, trat sie einen Schritt zurück und las vor:

„Die diesjährige Passionszeit möchten wir gerne mit einer besonderen Aktion würdigen: ,7 Wochen ohne Gottesdienst'. Nutzen Sie die gewonnene Zeit! Ihr Pfarrer."

Ungläubiges Staunen.

Fassungslosigkeit.

Für einen Augenblick nur Schweigen. Gemischt mit verschiedenen Formen des Entsetzens.

Dann trat ein Mann im Sonntagsanzug zu der Konfirmandin und nahm ihr das Schild ab, als könne er die Botschaft erst glauben, wenn er sie selbst gesehen hatte.

Er verkündete die Worte noch einmal: *„Die diesjährige Passionszeit möchten wir gerne mit einer besonderen Aktion würdigen: 7 Wochen ohne Gottesdienst'. Nutzen Sie die gewonnene Zeit! Ihr Pfarrer."*

Erregt fügte er hinzu: „Das darf der nicht. Ich meine: Da haben wir im Kirchenvorstand gar nicht drüber gesprochen. Dazu hätte es einen offiziellen Beschluss gebraucht. Na, der kann was erleben."

Die Konfirmandin feixte. „Tja, dann ... dann werde ich wohl mal wieder abdüsen. Eine echte Tragödie."

Unschöne Blicke aus der Runde.

Das Mädchen blieb. Erst einmal.

Eine blondierte Frau um die fünfzig zuckte mit den Achseln. „Originell ist die Idee ja. Aber: Ist so was eigentlich zulässig? Also: kirchenrechtlich?"

Der Vertreter des Kirchenvorstands wiegte den Kopf. „Ich denke nicht. Weiß es aber auch nicht so genau. Da müsste ich mal den Dekan anrufen. Na, das ist ja vielleicht angesichts dieser Dreistigkeit ohnehin fällig. ,7 Wochen ohne Gottesdienst' ... pah. Und der

Herr Pfarrer macht sich derweil einen flotten Lenz. Oder was? Wieso hat der uns nicht informiert. Das ist eine … eine unglaubliche Ignoranz gegenüber der Gemeindeleitung …"

Er war lauter geworden und atmete jetzt schwer.

Ein jüngerer Mann unterbrach ihn: „Der Pfarrer hat doch geschrieben ‚Nutzen Sie die Zeit!'" Er zeigte auf den Zettel. „Hier, sogar mit Ausrufezeichen. Vielleicht steckt dahinter irgendeine … was weiß ich … irgendeine moderne Aktion. Eine Art sakrale Performance. Oder so was."

„Ach, hören Sie doch auf. Wahrscheinlich sind das wieder irgendwelche spinnerten Ideen aus Amerika."

Die Konfirmandin wirkte inzwischen ein wenig genervt. Nachdem sie mit drei anderen Jugendlichen einen Moment geflüstert hatte, sagte sie: „Also, es kommt ja nun wirklich nicht das Ende der Welt, wenn mal ein Gottesdienst ausfällt …"

Die Heranwachsenden kicherten.

Da senkte der Kirchenvorsteher angriffslustig den Kopf. „Hier geht es ums Prinzip, junge Dame. Ums Prinzip! Der kann doch nicht einfach den Gottesdienst ausfallen lassen. Und das gleich 7 Wochen lang."

Doch die Angesprochene ließ sich nicht einschüchtern. „Wieso? Wenn der Gottesdienst den Leuten fehlt … also, wenn sie ihn richtig vermissen … ist doch gut. Und wenn sie ihn nicht vermissen, ist auch gut."

„Jetzt werd' mal nicht frech."

In diesem Moment kam eine schwarz gekleidete Frau nach vorne.

Langsam. Und sehr unsicher.

Leise sagte sie: „Ich verstehe das gar nicht. Heute im Gottesdienst sollte mein Mann … der vorgestern beerdigt wurde … nun, der sollte mit in die Fürbitten aufgenommen werden. Das hat mir der Pfarrer versprochen. Das ... das kann doch nicht einfach ausfallen ... das geht doch nicht ... ich weiß auch ... dass ihm ... dass das meinem verstorbenen Mann ... sehr wichtig gewesen wäre."

Sie war erkennbar den Tränen nah.

„Na, da wird unser Pfarrer einiges zu hören bekommen." Der Kirchenvorsteher echauffierte sich zunehmend. „Vielleicht sollten wir ... wir alle hier gemeinsam zum Pfarrhaus gehen und ihn einfach herholen, damit er seine Pflicht erfüllt. Gerade gegenüber dieser Dame ... gegenüber Ihnen wäre das nur angemessen."

Für einige Minuten wurde der Vorschlag heftig diskutiert. Und es gab erkennbar Befürworter und Gegner einer solchen Maßnahme. Ein Konsens wurde jedoch nicht gefunden.

Inzwischen weinte die Trauernde tatsächlich.

Schließlich hob eine jüngere Frau in einem roten Mantel die Hand und wandte sich an die verzweifelte Dame. „Entschuldigen Sie bitte. Ich kenne Sie ja gar nicht. Aber wäre es Ihnen recht, wenn ... also ... wenn ich für Sie bete? Und für Ihren Mann? Nur ... damit Sie nicht unverrichteter Dinge wieder nach Hause gehen müssen."

Die Witwe überlegte kurz, dann nickte sie und senkte den Kopf. Die anderen taten es ihr gleich.

Ruhig stellte sich die rot gekleidete Dame in die Kirchentür und sagte: „Guter Gott. Wir bitten dich für diese Frau, die ihren Mann so sehr vermisst. Tröste du sie. Du bist doch die Liebe. Jetzt hat diese Frau die Liebe ihres Lebens verloren und braucht dich ganz besonders. Und wir bitten dich auch für den Verstorbenen. Nimm du ihn an. Gib seiner Seele ein Zuhause. Denn wir glauben ja, dass mit dem Tod des Körpers das Leben nicht erlischt, sondern dass es bei dir eine Zukunft gibt, die darüber hinausgeht ..."

Sie stockte, als müsse sie überlegen, wie sie nun abschließen könne. Dann fuhr sie fort: „Vater unser im Himmel ..."

Die anderen fielen nach und nach ein. Bis sie die vertraute Sicherheit spürten und klar und verständlich zusammen beteten.

Als das „Amen" verklungen war, ging die Trauernde schüchtern auf die Beterin zu und drückte ihr die Hände. Fest. Und voller Dankbarkeit.

Die Konfirmandin raunte so laut zu ihren Nachbarn, dass es jeder hörte: „Das hätte der Pfarrer nicht so einfühlsam hinbekommen."

Der Kirchenvorsteher wirkte zumindest für den Augenblick besänftigt. Er wandte sich an die Beterin. „Vielen Dank. Das war sehr hilfreich. Und jetzt? Wollen wir noch zum Pfarrhaus oder nicht? Ich finde: Die Sache muss geklärt werden."

Eine eigenartige Stimmung lag über der kleinen Gemeinschaft. Was nun?

Dann aber löste ein Jugendlicher die Spannung. Ungewollt. Er hielt nämlich freudestrahlend eine „Prinzenrolle" hoch. „Guckt mal, was ich noch in meinem Rucksack gefunden habe. Hat meine Mutter mir eingepackt. Möchte jemand 'nen Keks?"

Der Junge schaute mit leuchtenden Augen in die Runde, und offensichtlich waren alle über das befreiende Angebot erfreut, denn die meisten griffen gerne zu. Und als die Rolle leer war, teilten die Letzten ihre Kekse mit denen, die sonst nichts bekommen hätten.

Nachdem die Leute fertig gekaut hatten, ergriff die Trauernde noch einmal das Wort. Man sah ihr an, dass sie über ihren eigenen Wagemut erstaunt war: „Ich hoffe, das ist jetzt nicht unpassend … Aber sehen Sie: Vom Trauerkaffee für meinen Mann ist noch ganz viel Kuchen übrig. Ich habe einfach viel zu viel … also … wenn jemand Lust hat, dann lade ich Sie gerne zu mir nach Hause ein. Bevor wir hier nur so rumstehen. Ich meine: Kaffee ist ja schnell gemacht. Ich habe so eine große Maschine."

Die Frau im roten Mantel trat zu ihr. Und noch einige andere.

Da lächelte die Witwe. Laut sagte sie: „Ich möchte Ihnen allen danken, dass Sie … ja, dass Sie mit für meinen Mann gebetet haben. Das hat mir gutgetan." Dann fügte sie schüchtern hinzu: „Ich wünsche Ihnen allen Gottes Segen."

Das schien das erlösende Wort zu sein. Denn jetzt nickten sich die Anwesenden noch einmal freundlich zu und gingen davon oder gesellten sich zu der Gruppe, die mit zum Kaffeetrinken wollte.

Auch die Jugendlichen zogen von dannen.

Die vorlaute Konfirmandin neigte beim Gehen den Kopf zur Seite und schmunzelte: „Das war ja jetzt fast 'en Gottesdienst."

Wieder lachten die anderen. Nur einer prustete: „Hey, wir könnten uns doch für nächsten Sonntag den Schlüssel von der Kirche besorgen und selbst was organisieren."

Da knuffte ihn seine Nachbarin in die Seite: „Du spinnst."

Ich mach's!

So, der große, alljährliche Grillabend soll geplant werden. Und das Team von zehn ehrenamtlich engagierten Männern sprüht vor Ideen: Eine Cocktailbar wäre klasse, selbst kreierte Soßen mit feinsten Zutaten, vielleicht mal was Exotisches wie Känguru-Fleisch oder Kobe-Rind, ein kreativer Marinaden-Wettbewerb, verschiedenste Gartenfackeln, künstlerische Tischdeko, vielfältige Salate, vielfältige Dips, exquisite Weine, Sonnenschirme, Spiele für die Kinder, vierfarbige Einladungskarten und … und … und …

… und dann kommt die ekelhafte, stimmungstötende und nie vorherzusehende Frage: „Wer kümmert sich eigentlich um das alles?"

Betretenes Schweigen. Alle schauen irgendwie irgendwohin oder checken mal eben kurz ihre E-Mails. Hoch konzentriert. Und jedem fällt die herrlichste aller Erklärungen für das Wort „Team" ein: „Toll, Ein Anderer Macht's."

Bevor jemand sich melden kann, tröpfeln die ersten entschuldigenden Erklärungen in die Runde: „Also, ich stecke da gerade in einem Riesenprojekt. Ich würde total gerne … aber vor nächstem Jahr sehe ich leider wenig Spielraum …"

Und so geht es weiter. Der eine hat Rücken, der andere hätte ihn gerne, der Nächste kann „eigentlich immer, nur diese Woche nicht", und der Dritte zitiert seinen Arzt, der vermutet, dass die nässenden Pusteln an seinem Rücken von einer Grillkohlenstaub-Allergie kommen. Er ist kurz davor, sein Hemd auszuziehen.

Inzwischen sind die meisten auf Stufe Zwei der freiwilligen Selbsterniedrigung angekommen: „Also, ich kann gerne was mitmachen. Aber ich sehe mich momentan außerstande, die Verantwortung zu übernehmen."

Na toll. Da haben wir jetzt also zehn Mitläufer, die zwar alle notfalls auch mal mit anpacken würden, aber auf keinen Fall den Hut aufhaben wollen. Leise denke ich: „Und ihr wollt Männer sein."

Darauf startet, wie zu erwarten, Stufe Drei der Peinlichkeit: Wir überlegen nämlich gemeinsam, wem wir die ganze Arbeit aufhalsen können: Wer ist wohl so blöd und macht unseren Job? Irgendeinen völlig unterbeschäftigten Kasper muss es doch geben.

Jetzt ist die Dynamik wieder spürbar größer. Namen fliegen durch die Luft und werden wie Schmetterlinge an der Pinnwand festgenagelt. Ich schaue auf die Uhr: „Es ist inzwischen Viertel vor neun."

Am Ende wird allerdings allen Beteiligten klar, dass wir nicht auseinandergehen können, solange wir nicht wissen, ob denn von den vielen Vorgeschlagenen tatsächlich jemand einspringt. Und das sieht ja eher „mau" aus, wie man in Hessen sagt. Sprich: Die werden wohl alle auch nicht können.

Damit beginnt Stufe Vier der organisierten Blamage: Wir streichen unseren großartigen Traum wieder zusammen. Cocktailbar? Muss nicht sein. Marinade? Wird überschätzt. Tisch-Deko? Überflüssig. Kinderspiele? Die können doch einfach ihre Nintendos einpacken. Kobe-Rind? Jeder soll sich sein Grillzeug einfach selbst mitbringen.

Am Schluss bleibt nur ... der Grill. Und den muss halt jemand zur Festwiese bringen. Gesucht wird also eine Person, die die Logistik dieses Geräts übernimmt.

Und siehe da ... auf einmal geht der ganze Schrott von vorne los: „Mir wird's zu viel." „Ich könnte nur mithelfen." „Wer fällt uns sonst ein?"

Die Diskussion zieht sich und zieht sich. Inzwischen ist es Viertel vor zehn. Und plötzlich wird mir ganz schlecht. Denn ich fange an zu rechnen. Sorgfältig. Und zugleich voller Panik.

Achtung: Gerade haben 10 Personen eine Stunde lang diskutiert, wie der Grill von A nach B kommt. Das sind zusammen 10 Arbeitsstunden. In Worten: zehn!!!

Diesen dämlichen Grill vom Gemeindehaus zur Festwiese zu transportieren, dauert dagegen maximal zwanzig Minuten. Wie bescheuert sind wir eigentlich?! Und ich verstehe, warum Jesus sagt: „Nicht an ihrem Gelaber, sondern an ihren Früchten wird man meine Anhänger erkennen."

Beim nächsten Mal ruf ich gleich am Anfang: „Ich mach's!" Und dann gehe ich und mach's. Spart allen eine Menge Zeit. Auch mir.

Das Bild des Engels

Vorsichtig bohrte der Künstler ein Loch in seinen Schrank, blies die entstandenen Späne nach innen und ging dann drei Schritte zurück, um zu sehen, ob jemand die Veränderung bemerken würde. Er musste sich selbst anerkennend zupfeifen; die Arbeit war perfekt.

Von Weitem ähnelte das Loch einem der vielen dunklen Flecken, die ohnehin auf dem großen Möbelstück glänzten, das seit Jahrhunderten im Besitz seiner zerstrittenen Familie weitergereicht wurde.

Nachdenklich legte der Künstler seinen Malerkittel ab, stieg in den Schrank und zog die Tür von innen zu.

Mehrmals drückte er energisch die Kleiderbügel über seinem Kopf zur Seite, rieb sich noch einmal die Augen und versuchte dann, sich einigermaßen bequem hinter die vorbereitete Bohrung zu setzen, was zwischen den vielen Mänteln nur eingeschränkt möglich war. Ein feiner Lichtstrahl fiel in den Schrank, und der Eingeschlossene wagte den ersten Blick durch das Loch in den Raum.

„Wenn meine Bilder so gut wären wie meine Schreinerarbeiten, müsste ich jetzt nicht hier hocken und warten", dachte der Mann, als er festgestellt hatte, dass er durch die kleine Öffnung direkt auf seine Staffelei sehen konnte.

Zwar waren von seiner Position aus weder die links angeordneten Farben noch das uralte Grammofon auf der rechten Seite zu erkennen, doch dem Engel sah er mitten ins Gesicht.

Da es ohnehin noch zu früh war, grummelte der Künstler leise vor sich hin, während der muffige Geruch von altem Schweiß und noch älteren Mottenkugeln seiner Nase zusetzte.

Die unbekannte Dame hatte ihn in den vergangenen Wochen mehrmals besucht und ihn am Ende sogar angefleht. Er aber hatte sich standhaft geweigert, bis ihr finanzielles Angebot jegliche Vernunft vertrieben hatte.

„Warum einen Engel?", hatte er immer wieder gefragt und sie dabei schelmisch forschend angesehen. „Ich male Tiere und Landschaften, reicht denn für Ihr Wohnzimmer nicht ein sonniger Abhang mit einem Rudel spielender Füchse?"

Sie, die ihren Namen zu Beginn nicht genannt hatte – zumindest konnte er sich nicht mehr daran erinnern –, war stur geblieben und hatte mit einer eleganten Bewegung ihren Mantel gerade gezogen, der am Rücken verrutscht war.

„Ich will, dass Sie einen Engel für mich malen, und zwar einen großen!"

„Leider stehen die so ungern Modell, oder haben Sie einen dabei?"

Da hatte sie laut gelacht; nicht beleidigend oder belustigt, sondern so übermütig, dass er in ihr Lachen mit eingestimmt hatte, obwohl er gar nicht wusste, warum.

„Sie schaffen das, ich weiß es, er wird perfekt sein. Und vielleicht macht es Ihnen ja sogar Spaß. Ich komme nächste Woche wieder und hole ihn ab."

Dann war sie verschwunden, ohne einen Gruß oder eine Adresse zu hinterlassen.

Der Künstler begann noch am gleichen Nachmittag mit der Arbeit. Das ungewöhnlich hohe Honorar und sein Unbehagen motivierten immerhin einen lustlosen Ehrgeiz.

Allerdings fand er unter seinem aktuellen Vorrat an Leinwänden keine, die völlig makellos gewesen wäre. Schließlich entschied er sich für eine helle Bahn, die bis auf einen winzigen Webfehler in der oberen Mitte für seine Arbeit ideal zu sein schien.

„Ausgerechnet ein Engel", seufzte er noch einmal, bevor er langsam ansetzte, die Grundierung aufzutragen. Helles Blau, strahlendes Weiß und als Kontrast einen kräftigen Karminton, der dem Bild eine ungewöhnliche Wärme geben würde.

Überraschenderweise kam er viel schneller voran als erwartet. Bald füllte sich die Fläche mit strahlenden Stimmungen, die ihm nur so aus den Fingern flossen.

Als er dann aber die Ausarbeitung des eigentlichen Engel-Motivs in Angriff nehmen wollte, fiel ihm das Malen plötzlich immer schwerer. Jeder Strich, den er zeichnete, schien ihm auf einmal kraftzehrend und ungelenk. Ungeduldig probierten seine Finger eine Gestalt darzustellen, die er nie gesehen hatte. Und wie so oft erreichte er schnell einen Punkt, an dem seine Unzufriedenheit aufbrauste und überhandnahm.

Das waren grausame Momente, in denen er sich selbst, sein Talent und wenig später auch die ganze Welt infrage stellte. Gegen Mitternacht warf er seinen Pinsel resigniert zu Boden.

„Was, zum Teufel, machen Engel mit ihren Händen", schrie er der halbfertigen Skizze entgegen, die ihn offensichtlich verhöhnte. Ein Dutzend immer wieder neu übermalter Entwürfe vereinigte sich an der entscheidenden Stelle bereits zu einem dunklen Grau, und nach wie vor wusste der Künstler nicht, welche ausdrucksvolle Geste er dem schwebenden Leinwandgeschöpf geben sollte.

Stundenlang hatte er vor dem Spiegel gestanden und Handhaltungen gesucht, die eines Engels würdig waren. Vergeblich. Seine Menschenhände lieferten nur unbrauchbare Vorlagen, die ihn keinesfalls zufrieden stellten und seinem Wunsch, vollendete Bilder zu malen, nicht einmal im Traum entsprachen.

„Ich weiß eben nicht, wie ich mir einen Engel vorstellen soll", murmelte der Künstler pausenlos vor sich hin und kaute nervös an seinen schmalen Fingerkuppen, die von der dauernden Feuchtigkeit schon sehr alt aussahen. Irgendwann, mitten in der Nacht, war er einmal sogar tobend mit der Schere auf die Staffelei zugelaufen, um seinem Versagen ein klares Ende zu machen, doch irgendetwas hatte ihn zurückgehalten.

Er blickte auf seine feuchte Hand, deren Sehnen sich unter der Haut deutlich abzeichneten und bekam Angst vor sich selbst. Gegen Morgen schlief er verzweifelt und wütend ein.

Als er erwachte, lag sein nächtlicher, künstlerischer Kampf noch groß und schwer auf ihm. Er rieb sich die Augen, trank einen Schluck des eiskalten Kaffees, der seit Tagen schal neben der Spüle stand, und ging quer durch das unaufgeräumte Zimmer zu dem alten Biedermeiersofa, auf das er vor dem Einschlafen seine Kleider geworfen hatte.

Vor dem Bild blieb er hasserfüllt stehen und wollte das unvollendete Wesen gerade mit morgendlicher Verachtung strafen, als er plötzlich und gänzlich unerwartet eine Hand vor sich sah. Eine Hand, mitten in einer Bewegung. Genau so, wie er sie nicht hatte malen können: segnend und herrschaftlich zugleich, einladend, ohne zu privat zu wirken, und mit einer feinen Spannung in den leicht geöffneten Fingern, die Weichheit genauso vermitteln konnten wie Kraft.

Und diese Hand existierte nicht nur in seiner Fantasie, sie grüßte ihn majestätisch und klar erkennbar von der Leinwand herab.

Der Maler zuckte zusammen: Irgendwer hatte nachts an seinem

Werk weitergearbeitet. Ein Meister. Denn die unerklärlichen Finger auf der Leinwand führten genau die Geste aus, nach der er die ganze Nacht vergeblich gesucht hatte.

Er beugte sich vor, bis er das Bild fast mit der Nasenspitze berührte und jeden Pinselstrich dieser fremden Ergänzung erkennen konnte. Und da erst erschrak er bis in die Tiefen seiner Seele.

Das über Nacht entstandene Motiv war ohne jeden Zweifel von ihm. Unverkennbar. Natürlich: Diese Linienführung, diese Farbmischung, diese Proportionierung hatte seine eigene Hand ausgeführt und vollendet. Niemand, den er kannte, konnte diese Maltechniken so umsetzen wie er selbst.

Auf den zweiten Blick allerdings fand er dann aber doch winzige Unterschiede, die ihn verunsicherten. Einige Details waren runder, als er sie selbst darstellen würde: Die Fingernägel glänzten etwas zu rot, und die Oberseiten der Finger waren nicht filigran, sondern mit einem einzigen Strich von unten nach oben auf die Leinwand gebracht worden.

Plötzlich war dem am Boden Knienden zum Weinen zumute. Wer immer hier heimlich an seinem Bild weitergemalt hatte, war ein genialer Fälscher. Vor allem aber, und das war für den Künstler das Erschreckendste von allem: Dieser heimliche Kollege war besser als er. Viel besser sogar. Und nicht nur das, er hatte genau die Fertigkeiten entwickelt, nach denen sich der betrogene Maler sehnte, seit er das erste Mal den Mut gefunden hatte, Bilder zu erschaffen.

Unsicher und zweifelnd machte sich der Künstler dennoch daran, das Gemälde weiter zu bearbeiten. Und gelegentlich schien es ihm, als färbe die Genialität dieser unergründlich schönen Hand auf seine eigene Pinselführung ab.

Als er gegen Abend den vollendeten Körper des Engels betrachtete, war er so zufrieden mit sich, dass er zur Feier des Tages eine der für ihn fast unbezahlbaren Champagnerflaschen aus dem Keller holte, die ein zufriedener Kunde einige Jahre zuvor als zusätzliches Dankeschön neben dem Honorar dagelassen hatte; „um ihn anzuspornen", wie er freundlich und, so war es dem Maler in Erinnerung geblieben, etwas herablassend bemerkt hatte.

Nach dem Abendessen aber wiederholte sich der zermürbende Ablauf des vergangenen Tages: Zuerst verbissen und ehrgeizig, dann fahrig und unkonzentriert versuchte der Maler, seinem Engel eine Kopfhaltung zu verleihen, die sowohl freundlich als auch leidenschaftlich interpretiert werden konnte. Wieder färbte sich die entsprechende Stelle auf der Leinwand unter den misslungenen Entwürfen dunkel, die dem unzufriedenen Schöpfer das letzte Stück Selbstwertgefühl auszusaugen schienen.

Erneut verrenkte er sich frustriert vor seinem Spiegel, um irgendeine Anregung für die überirdische Darstellung zu bekommen, die er immer mehr zu hassen begann, je länger er ergebnislos seinen Kopf verdrehte.

„Niemand kann einen Engel malen, es geht nicht", murmelte der Künstler, bevor er in einen unruhigen, verzweifelten Schlaf fiel, aus dem er früh wieder erwachte.

Er wagte anfangs nicht, das fleckige Tuch zu heben, das er über die Staffelei gebreitet hatte. Schließlich hielt er es nicht mehr aus. Einen Moment verharrten seine feinen Finger in der Luft, dann griffen sie ganz sacht zu. Als könne er sich verbrennen, zog er an dem derben Stoff, bis er – erst vorsichtig, dann zögernd und schließlich mit einem mutigen Blick – den Kopf entdeckte.

Ein wenig zu keck fand er das, was da ganz in seiner eigenen Manier über dem Hals des Engels zu sehen war; doch unfassbar schön. Das noch gesichtslose Haupt war dem Betrachter zugewandt, korrespondierte aber so perfekt mit der Linie der Schulter, die er gestern entworfen hatte, dass man bereits an den Umrissen erkennen konnte, wie erhaben die Augen blicken würden, wenn erst einmal die Gesichtszüge fertiggestellt waren. Lebendig und anmutig lud der Kopf ein, ihm in seine eigene himmlische Welt zu folgen.

„Es ist genial", schmunzelte der Künstler und ahnte plötzlich, wie er weitermachen wollte.

Doch vorher überprüfte er alle Zugänge zu seinem Atelier. Forschend blickte er sich in dem verwinkelten Raum um und betrachtete sorgfältig alle Ecken und Winkel. Es gab keinen Zweifel: Der geheimnisvolle Fälscher musste durchs Fenster gestiegen sein, denn die sperrigen Riegel an den beiden Türen hatten sich nicht bewegt. Und da kam dem Maler zum ersten Mal der Gedanke, den meisterhaften Mitstreiter bei seinem nächsten Besuch zu beobachten.

Gegen drei Uhr morgens vernahm der Künstler das erste Geräusch. Als er den Kopf vorsichtig zum Guckloch bewegte, entdeckte er, dass seine Beine eingeschlafen waren und er sie kaum noch spürte. In dem dumpfen Kleiderschrank klang es, als sei draußen jemand aus dem Bett aufgestanden.

„Ich hätte ihn beim Hereinkommen hören müssen. Wie ist der Kerl in mein Bett gekommen?"

Im Raum zog sich jemand Stiefel an, die sich kurz darauf Richtung Waschbecken entfernten.

„Ich sollte ihn einfach sofort zur Rede stellen", schoss es dem Maler durch den Kopf, doch irgendetwas hielt ihn zurück.

Inzwischen hatte sich der geheimnisvolle Besucher gewaschen und, wenn der Künstler die Geräusche richtig interpretierte, etwas gegessen.

Plötzlich zuckte der versteckte Mann zusammen und verkrampfte sich, als ein dunkles Knarren den Schrank erbeben ließ. Der andere hatte sich gegen die Tür gelehnt und versperrte das winzige Sicht-fenster des Hausherrn.

Dann klang es, als recke sich der Fremde, er schnalzte leise mit der Zunge und ging langsam vom Schrank zur Staffelei. Gebannt presste der Künstler sein Auge gegen die Innenwand der Tür, um endlich zu sehen, wer da in seinem Zimmer heimlich die Arbeit fortführte, an der er selbst immer wieder verzweifelte.

Je weiter sich der Fremde von dem Guckloch entfernte, desto klarer wurden seine Konturen und desto größer wurde das Ent-setzen des Künstlers.

Denn als die Gestalt nach schier endloser Zeit vor dem Bild des Engels angekommen war, gab es keinen Zweifel mehr, und der Brust des Malers entrang sich ein fassungsloses Stöhnen: Der, der da vor der Staffelei stand und sein Bild so viel besser vollenden konnte als er, war er selbst.

„Komm raus, Lukas", sagte er mit ungewohnt sanfter Stimme, „wir haben noch viel zu tun".

„Wer bist du?", fragte er sich, als er zwischen den Mänteln hervorkroch und auf einmal in seine eigenen Augen starrte, die freundlich zurückblickten.

„Als wenn du das nicht wüsstest. Schau her, sollten wir den Mund des Engels nicht ein wenig weicher zeichnen?"

Ungläubig schaute er sich beim Malen zu und überlegte da-bei, was ihn an seinem Ebenbild stutzig machte. Kleider, Schuhe, Haarschnitt, ja sogar die Länge der Bartstoppeln waren iden-tisch. Sehr bald fiel seinen geschulten Augen allerdings auf, dass sein malendes Ich irgendwie „andersherum" war, bis ihm bewusst wurde, dass er sich selbst ja immer nur im Spiegel betrachtete.

Er war perfekt. Selbst seine Bewegungen erkannte er wieder,

staunend darüber, warum er sich nicht schon früher so intensiv beobachtet hatte. Genau wie er kratzte sich sein Gegenüber ab und zu nachdenklich mit dem Pinselende hinter dem Ohr, knabberte gedankenverloren an den Fingerkuppen, und besaß das gleiche, in sich versunkene Lächeln in seinen kreativen Phasen, das schon vielen Beobachterinnen seiner Arbeit einen unhörbaren, aber deutlichen Seufzer entlockt hatte.

Und während er seine eigenen und doch von seinem Körper getrennten Hände bei jeder ihrer Bewegungen verfolgte, erkannte er mit einem Mal, was mit ihm nicht stimmte.

Der Künstler, der da konzentriert die Gesichtszüge des Engels entwarf, war nicht wie der Künstler, der ihm bei der Arbeit zusah. Er verkörperte genau den Künstler, der der Landschaftsmaler schon immer gern gewesen wäre. Nicht nur die feine Kraft, mit der sein Idealbild vor ihm sorgfältig die Farben auftrug, sondern die ganze Ausstrahlung des anderen offenbarte die Eigenschaften, die dem schnell verletzten und unfertigen Mann verschlossen geblieben waren.

Ja, all das, was ihn immer an sich selbst gestört hatte, fehlte diesem unerklärlichen Gegenüber, das unbeirrt und vollkommen dem Engel auf der Leinwand himmlische Formen verlieh.

Er war schnell von sich überzeugt. Dann dachte er aufgeregt: „Ich werde mich beobachten, vielleicht kann ich etwas von mir lernen, bis ich auch so weit bin."

Lukas schmunzelte und begann, sich hin und wieder einen kleinen Hinweis zu geben, wo, seiner Meinung nach, ein Strich noch zarter sein konnte oder ein Farbton einen Hauch zu dunkel geraten war. Erstaunlicherweise ging er sofort auf seine Vorschläge ein und gab dem Bild laufend schönere Züge.

„Ich weiß eigentlich viel zu wenig über mich", sagte der Künstler und lachte. Oder hatte jetzt der andere, beziehungsweise der Ich oder wie man ihn nennen sollte, gelacht? Lukas wusste es nicht. Wer wusste es jetzt nicht? Er oder er? Ich oder ich?

Eigentlich war es ja gleichgültig. Sie hatten so viel gemeinsam. Erfreut stellte er fest, dass ihm das gar nichts ausmachte und sie zu zweit noch viel besser waren.

Begierig verfolgte er mit den Augen seine vier Hände, die nun voller Eifer die Arbeit am Bild des Engels vorantrieben.

„Es tut gut, sich selbst zu sehen", dachte er und freute sich, dass ihn die ehrgeizige Ruhe des anderen, der schweigend in das Gemälde vertieft war, gar nicht mehr ärgerte.

„Ich müsste ihm, nein mir, eigentlich viele Fragen stellen, schließlich trifft man sich nicht alle Tage!" Doch die Faszination, sich selbst in Vollendung zu sehen, bewegte den Künstler so sehr, dass er vor lauter Konzentration die Erklärungen gar nicht mehr so wichtig fand.

Es war unglaublich, mit welcher Freude und Vollkommenheit er plötzlich arbeiten konnte. Manchmal waren die vier Hände, die da vor der Staffelei schwebten – mit denen des Engels waren es schon sechs –, kaum noch voneinander zu unterscheiden.

Im Lauf des Tages spürte Lukas immer deutlicher, dass eine Veränderung mit ihm vorging. Er fühlte sich freier, ungezwungener und zufriedener. Im lautlosen Dialog, den er mit sich führte, flossen die Talente des unbekannten und doch so bekannten Gastes auf ihn über.

„So und nicht anders wäre ich fähig, endlich all die Werke zu schaffen, von denen ich immer geträumt habe", dachte der Künstler ein wenig neiderfüllt. Von seinem anderen Ich unbemerkt hatte er zudem begonnen, auf einem kleinen Zettel all die Eigenschaften, Maltechniken und Charakterzüge zu notieren, die ihm an seinem Gegenüber besonders gut gefielen. Und je klarer ihm all diese wundervollen Merkmale wurden, je deutlicher vor seinen Augen das Bild entstand, das er in Zukunft würde ausfüllen wollen, umso blasser wurde der geheimnisvolle Fremde.

Als dem Maler diese Tatsache das erste Mal aufgefallen war, hatte er es noch auf die ungewöhnlichen Lichtverhältnisse in seinem staubigen Atelier geschoben. Doch eine Stunde später wurden im anderen schon die Umrisse des Schrankes sichtbar, den er so perfekt und nun doch überflüssigerweise präpariert hatte.

Eilig bemühte sich Lukas, möglichst viele Kennzeichen seines Ideals beim Arbeiten einzufangen und für sich festzuhalten. Doch schien es, als verblasse sein traumhaftes Ebenbild dadurch nur umso schneller.

Gegen Abend rannte Lukas in den Keller, um die zweite Flasche Champagner zu holen und mit seinem neuen Freund anzustoßen. Doch als er zurückkam, war der Andere verschwunden. Ob er den Raum verlassen hatte oder nurmehr ganz durchsichtig geworden war, konnte der Maler nicht mehr feststellen.

Nachdenklich trank er den ersten Schluck der perlenden Kostbarkeit – da fiel sein Blick auf die Leinwand: Der Engel war fertig. Mild und zuversichtlich lächelte er von der Staffelei, vollendet, liebevoll, einzigartig. In seinen Augen aber lag ein freundlicher Hauch ewiger Zufriedenheit. Niemals zuvor war Lukas ein solches Bild gelungen.

Voller Begeisterung rieb er sich die Hände und stellte überrascht fest, dass er Fieber hatte. Noch einmal prägte er sich jede perfekte Linie seines, ihres, Meisterwerks ein und ging dann zu Bett.

Der Künstler erwachte, atmete zuversichtlich den neuen Tag ein und stand mit einem kräftigen Sprung vor der Staffelei. Dieses vollendete Bild eines Engels war der unwiderlegbare Beweis dafür, dass er sich diese verwirrende, fassungslose Geschichte nicht einfach ausgedacht hatte.

„So etwas kann man sich gar nicht ausdenken", beruhigte er sich und wollte gerade pfeifend zum Waschbecken gehen, als er erneut stutzte. War da nicht im Gesicht des Engels auf einmal so ein schelmisches Grübchen, das er am Abend noch nicht gesehen hatte? Er verglich die beiden Bilder im Geist und war sich plötzlich ganz sicher.

„Was soll denn das jetzt?", dachte Lukas und erschrak einen kurzen Augenblick. Dann fand er seine Heiterkeit wieder, weil ihm eine Erklärung einfiel: „Natürlich, da war ja dieser Fehler in der Leinwand. Wahrscheinlich ist da über Nacht die Farbe versackt." Ehrlicherweise musste er sich eingestehen, dass das meisterhafte Gesicht durch diesen unerwarteten Fehler sogar noch ein bisschen reizvoller war als vorher.

In diesem Augenblick entschloss sich Lukas, das Gemälde niemals, wirklich niemals herzugeben. Es symbolisierte in seiner Majestät all das, wovon er sein Leben lang geträumt hatte: Seine ewigen Ängste waren einer heiteren, ehrgeizigen Gelassenheit gewichen, die ihm eine von Ölfarben glänzende Zukunft eröffnen konnte. Er wollte nie wieder Tiere und Landschaften nur des Bildes wegen malen, er wollte jetzt das pralle Leben darstellen; und dazu brauchte er diesen herrlichen Boten, dessen Dasein zwischen Himmel und Erde schwebte.

Doch seine Bedenken, um das Meisterstück kämpfen zu müssen, waren unbegründet, die unergründliche Auftraggeberin kam niemals, um das Bild des Engels abzuholen.

Auf Rosen gebettet

Tatsächlich: eine Rose! Und nicht nur eine ... Dutzende. Dutzende herrlicher Rosen. Je weiter Elisabeth das Tuch anhob, desto mehr kamen zum Vorschein. Ja, der ganze Korb quoll über, sodass einige der Blüten schon auf den Boden fielen.

Die junge Landgräfin aber lachte. Lachte so laut, dass es ihr fast schon wehtat. Unfassbar erleichtert und befreit. Während ihr Ehemann Ludwig sie nur fassungslos anstarrte. Von oben herab, aus dem Sattel.

„Was ist? Du hast doch gesagt, dass es Rosen wären. Ich habe dich gefragt, was du da in deinem Korb hast – und du hast ‚Rosen‘ geantwortet. Und es sind Rosen. Was gibt's denn da zu lachen?"

Elisabeth legte den Kopf zur Seite. Schelmisch. „Weißt du, für einen Moment war ich voller Sorge, in dem Korb könnte Brot sein ..."

„Was ich dir strengstens verboten habe."

Die Landgräfin strich sich eine Strähne aus dem Gesicht.

„Richtig. Und genau deshalb fürchtete ich, unter der Decke hätte sich, trotz deines unmissverständlichen Befehls, eventuell doch ein wenig Brot verborgen. Auf unerklärliche Weise. Und ich weiß ja, dass dir das nicht gefallen hätte, mein Gemahl."

Ludwig musste plötzlich auch lachen. „Elisabeth, du bist komisch. Und ja, ich hatte dich im Verdacht, dass du trotz meiner Anordnungen wieder Essen an die Armen verteilst. Ich weiß, dass sie da unten am Fuße des Burgberges sitzen und auf ein Almosen hoffen."

Elisabeth schaute noch immer auf die Blumen. Voller Faszination. Leise sagte sie: „Wenn es jetzt aber doch Brot gewesen wäre, das ich den Armen hätte bringen wollen, … was hättest du dann gemacht?"

Der Landgraf beugte sich nach vorne und hob das Kinn seiner Frau sachte zu sich hoch: „Du weißt, dass ich dich sehr liebe, Elisabeth. Aber ich habe meiner Mutter versprochen, dich hart zu bestrafen … wenn du noch einmal mit Essen erwischt wirst.

Schau nicht so erbost. Du musst sie verstehen. Als du mit vier Jahren nach Thüringen gekommen bist, da war es ihr Auftrag, dich standesgemäß zu erziehen. Dich, die Tochter des Königs von Ungarn.

Und jetzt schau dich an. Du läufst in den einfachen Gewändern einer Magd herum. Du berührst die ganzen Aussätzigen, sodass du selbst unrein wirst. Und du verachtest meine Mutter, weil sie – deiner Meinung nach – ein Leben in Luxus und Verschwendung führt …"

Die Kurfürstin unterbrach ihn: „Ich verachte niemanden. Aber es kann nicht sein, dass wir hier auf der Wartburg in Saus und Braus leben, während die Armen verhungern. Gerade jetzt, wo das ganze Land unter einer Hungersnot ächzt."

„Elisabeth. Du verschleuderst unser Vermögen. Meine Mutter fürchtet schon, dass die Versorgung der Burg nicht mehr gewährleistet ist."

„Ach, die Arme, sie hat vermutlich Angst, dass sie sich statt fünf Gängen nur noch vier leisten kann. Ludwig, im Dorf sterben die Menschen. Und es ist unsere Pflicht, ihnen beizustehen. Es ist Gottes Wille, dass wir das tun."

Der Landgraf schüttelte den Kopf. „Woher willst du wissen, was Gottes Wille ist? Nur weil du immer mit den Franziskaner-Brüdern sprichst, bist du noch lang keine Theologin."

Elisabeth hob ihm den Korb mit den Rosen entgegen: „Was ist, wenn ich dir sage, dass dieser Korb voller Brot war? Randvoll mit Brot, das ich aus der Vorratskammer gestohlen habe. Und dass Gott dieses Brot gerade in Rosen verwandelt hat. Um mich zu retten. Wäre dir das Beweis genug?"

Ludwig starrte unsicher zwischen den Blumen und den blitzenden Augen seiner Frau hin und her. „Du hast zu viel Fantasie, Elisabeth."

„Nein, du hast zu wenig Glauben, Ludwig. Denk daran, was ich dir gesagt habe: Wir müssen die Menschen fröhlich machen. So, wie Gott mich gerade fröhlich gemacht hat."

Sie nahm eine Rose aus ihrem Korb und hielt sie ihrem Mann hin. Dabei zitterte ihre Hand leicht. „Mist, ich habe mich gestochen."

Ludwig zog Elisabeths Hand mit der Rose zu sich. Dann nahm er vorsichtig ihren Finger in seinen Mund und leckte das Blut ab.

„Brot, das sich in Rosen verwandelt. Du glaubst wahrhaftig an Wunder, oder?"

Toleranzbereich

Winklers standen vor der Tür. Aufgeregt. Mit bebender Stimme fragte er mich: „Sag mal, du willst doch bestimmt in unserem neuen Toleranz-Ausschuss mitarbeiten?"

Was für ein Ding? Ihr wollt einen Ausschuss gründen?

„Ja", riefen die beiden mit glühenden Blicken: „Wir gründen einen Ausschuss gegen Intoleranz in unserer Kirchengemeinde."

Tolerant wie ich bin, ließ ich die beiden ins Haus, obwohl ich Ausschüsse an sich widerlich finde. Aber man kann ja schlecht gegen einen Toleranz-Ausschuss sein. Das macht einen ziemlich blöden Eindruck.

Ich bat Winklers, Platz zu nehmen. Und überlegte dabei fieberhaft: Wollen die etwa die Frauenhilfe ausheben, weil da partout keine Männer mitmachen dürfen? Oder den neuen Pfarrer abschießen, weil der so einseitig von Jesus predigt? Oder geht es um den Hausmeister, der offenkundig jeden hasst, der Dreck verursacht? Sprich: Er hasst eigentlich alle Menschen. Und alle Tiere. Und aus irgendeinem Grund auch alle Gegenstände.

Winklers aber beugten sich verschwörerisch vor: „Ist dir aufgefallen, dass sich Schwarze in unseren Gottesdiensten überhaupt nicht wohlfühlen?"

Wieso? Wir haben doch total viele CDU-Leute bei uns.

„Nein. Afroamerikaner. Dunkelhäutige Immigranten. Nie ist einer da."

Nun: Das konnte natürlich auch daran liegen, dass in unserem Gemeindebezirk partout keine wohnten, aber ich wollte diese hoch engagierten Freunde nicht entmutigen.

„Ihr meint also, dass es unter den Gottesdienstbesuchern latente Intoleranz gibt?"

Beide nickten wie Wackeldackel. „Und wie! Ist dir das nie aufgefallen: Auch Sinti und Roma meiden unsere Veranstaltungen. Muslime fühlen sich vermutlich von der Frauenhilfe bedroht (also doch!), Obdachlose werden bewusst nicht eingeladen, Mitglieder von Scientology sollen im Kindergarten nicht angestellt werden – und wann darf schon mal ein Jude bei uns in der Gemeinde offen seine Meinung sagen?" (Jetzt wurde es gefährlich.)

Soweit ich mich erinnerte, war allerdings noch nie irgendjemandem das Rederecht in unseren Veranstaltungen verweigert worden. Schon deshalb, weil es keiner je verlangt hätte.

Bei dem Thema „Intoleranz in der Kirche" fiel mir persönlich vor allem der ältere Herr ein, der mich einmal im Gottesdienst brutalstmöglich angeschnauzt hatte: „Weg da, das ist mein Platz!" (in einer quasi leeren Kirche). Und die frommen „Fregatten", die mich jedes Mal mit ihren gnadenlosen Blicken beschossen, wenn ich in Jeans in den Gottesdienst kam. Ach ja, und der Organist, der mir auf der Empore jedes Mal hasserfüllt mit sofortiger Steinigung drohte (mit Gesangbüchern), wenn ich ihn vorsichtig fragte, ob er denn nicht auch mal ein etwas „Neueres Geistliches Lied" spielen könnte.

Mir wurde klar: Die Gemeinde brauchte dringend einen Toleranz-Ausschuss.

Als ich fragte, wer denn noch so in dem neuen „Arbeitskreis" mit dabei sei, senkten Winklers die Blicke.

Typisch. Mich, den netten Deppen, hatten sie wieder zuerst gefragt.

„Gut …", sagte ich, „wie wäre es zum Beispiel mit Jochen?"

Die beiden schüttelten verächtlich den Kopf: „Ach nee, Jochen doch nicht. Der hört privat Hardcore-Schlager und riecht aus dem Mund."

„Annegret!"

„Puh, auf keinen Fall, die immer mit ihrem Ökokram. Nur Bio-Grünkern von glücklichen homosexuellen Bauern. Die ist doch doof."

„Günther!"

„Bist du wahnsinnig? Der war mal in einer Freikirche. Ist sogar wiedergetauft. Auf einer Sandbank im Main. Total ätzend. Für uns zählt der gar nicht als richtiger Christ."

Tja, wir hatten offensichtlich ein Problem. Wir fanden nämlich keinen, der Winklers hohen Maßstäben für den „Toleranz-Ausschuss" genügt hätte. Schade.

Als ich die beiden dann bat, „Toleranz" mal etwas genauer zu definieren, gingen sie. Ganz schnell.

Abends erzählte ich meiner Frau von dem „wichtigsten Projekt der Neuzeit" (Originalzitat Winklers). Sie tobte. „Winklers. Diese schwabbeligen Aktivisten, die so wenig eigene Meinung haben, dass sie – anstatt sich eine zuzulegen – lieber alles für gleich gültig erklären. Die kann man nur tolerieren.

Außerdem sind die beiden bloß sauer, dass die Frauenhilfe an Pfingsten zuerst den Gemeindesaal reserviert hat. Die wollten da wohl ihre Silberhochzeit feiern."

Das ist aber auch intolerant.

Engel auf Urlaub

„Ich mache Urlaub", sagte der Engel und sah Jakob lachend an, „ich will mich einfach mal so richtig entspannen ... das wird schön".

Er streifte seine Flügel ab, warf sie auf das große Wohnzimmersofa, wo sie mit einem leisen Rauschen landeten, und verließ die Wohnung wie ein gewöhnlicher Sterblicher durch die Eingangstür.

„Hey, Moment mal", rief Jakob ihm hinterher, „und ich, was ist mit mir?"

Aus dem dunklen Treppenhaus kam ein verhaltenes Kichern, das sich langsam entfernte.

„Na so was", dachte der junge Mann mit dem Ohrring und dem sandfarbenen Seidenhemd, „jetzt verschwindet der Kerl einfach. Nicht zu fassen. Wirklich eine merkwürdige Situation. Irgendwie fühlt man sich gleich ziemlich hilflos, wenn kein Schutzengel mehr da ist."

Jakob hatte den Satz noch nicht zu Ende gedacht, da riss er sich an einer hervorstehenden Kante des gut bestückten Bücherregals sein kostbares Hemd kaputt. Und als er wütend gegen die instabilen Bretter trat, lösten sich aus dem obersten Fach mehrere schwere Bücher, die herabfielen und ihm an Schulter und Rücken schmerzhafte Prellungen verursachten.

„Jetzt pass doch auf", schrie er laut, aber es war nicht ganz klar, wen er damit meinte.

Genervt ließ er sich in den Sessel fallen, zuckte noch einmal zusammen, als er das Zerbrechen seiner Brille hörte, zog die Trümmer unter seinem Po hervor und fing einsam an zu weinen.

Zugegebenermaßen kannte Jakob seinen Engel erst seit etwa einer Woche. Jedenfalls hatte er ihn am Morgen nach der Hochzeit seiner Schwester zum ersten Mal bemerkt, vielleicht sollte man besser sagen: bewusst bemerkt.

In der Nacht war er übermüdet und leicht angeheitert nach Hause gefahren und dabei nur knapp einem frontal entgegenkommenden Lkw ausgewichen, dessen Fahrer die Gewalt über das Steuer verloren hatte.

„Da könnte wieder mal ein Schutzengel seine Flügel im Spiel haben", war es ihm durch den Kopf geschossen, als er sicher in seiner Wohnung angekommen war, „schade, dass man diese Burschen nie zu Gesicht bekommt."

Am Morgen danach hatte er im Badezimmerspiegel dann einen merkwürdig hellen Fleck auf seiner Schulter entdeckt. Da er seine Brille immer erst nach dem Rasieren aufsetzte, hatte er das Schimmern anfangs für einen Ausschlag gehalten und sich verzweifelt mit Waschlappen und viel Seife bemüht, den ungewohnten Glanz zu entfernen. Es war zwecklos gewesen. Selbst eine edle Hautcreme, die eine verflossene Freundin bei ihm liegen gelassen hatte, bevor sie ihn endgültig wegen eines gitarrespielenden BWL-Studenten verstieß, hatte die be- und misshandelte Stelle nur gerötet, zu einer Besserung war es jedenfalls nicht gekommen.

Der helle Fleck war auch geblieben, als er die Brille aufgesetzt hatte – übrigens genauso unscharf wie vorher –, und selbst nach dem Anziehen war ihm das Glitzern weiterhin in die Augen gestochen.

„Also, ich sehe keine gefährlichen Symptome", hatte der Arzt beruhigend gesagt, „vielleicht sind Sie etwas überarbeitet".

Auch alle Freunde und Bekannten waren sich freundlich einig gewesen: „Du spinnst, da ist überhaupt nichts".

Jakob aber hatte sich bemüht, den hellen Fleck genauer zu betrachten. Und nach und nach, von Tag zu Tag deutlicher, waren unter dem Schimmer Konturen aufgetreten. Und eines Tages endlich hatte der an seiner Wahrnehmung schon fast zweifelnde Mittdreißiger ganz klar erkannt: Der Fleck war offensichtlich nur der Glanz eines modischen Heiligenscheines, unter dem amüsiert und aufmerksam das Gesicht eines Engels über seine Schulter blickte.

Bald darauf hatte er ihn immer deutlicher gesehen, und vor einer Woche plötzlich, als draußen gerade ein frühherbstlicher Platzregen niedergegangen war, hatte ihn der Engel angesprochen.

„Nun, bist du jetzt zufrieden?"

„Wie meinst du das", hatte Jakob gestottert, und war plötzlich rot geworden, als ihm bewusst wurde, dass der Engel wahrscheinlich alles, wirklich alles mitbekam, was er den ganzen Tag so trieb.

„Du wolltest deinen Schutzengel sehen, hier bin ich. Bist du jetzt zufrieden oder nicht?"

Zwei Tage lang stolperte Jakob nach der Trennung von seinem Schutzengel von einem Missgeschick in das nächste, dann hatte er genug. Was fiel diesem Kerl eigentlich ein? Urlaub machen!

„Wo Engel wohl hinfahren, wenn sie sich entspannen wollen? Ins Paradies, nach Sylt, ins Disneyland Paris oder vielleicht als Abwechslung mal in die Vorhölle?", grübelte er einen Moment lang belustigt, bevor er sich weiter ärgerte.

Und diesmal gab er der Versuchung nach. Seit der Engel

verschwunden war, verlockten ihn nämlich die beiden liegen gebliebenen Flügel auf seinem Sofa, deren weiche Fülle verführerisch glänzte.

„Ob ich mit den Dingern auch fliegen könnte?", schoss es ihm durch den Kopf, als er es wagte, die weißen, kaum spürbaren Daunen in die Hand zu nehmen.

Einen kurzen Moment zögerte Jakob, dann schlüpfte er schnell in das Federkleid, bevor ihn neue Gewissensbisse zurückhalten konnten: „Wenn mich der Gute alleine lässt, muss ich eben selbst sehen, wie ich ein bisschen Sicherheit in meinen chaotischen Alltag bekomme."

Er erschrak unter den warmen Schwingen, als er im Spiegel an der Stelle, an der er eigentlich hätte zu sehen sein müssen, nur einen hellen Fleck im Raum bemerkte, dann aber nahmen ihn ganz ungewohnte Gefühle in Anspruch: Ein wohliges Beben durchlief seinen ganzen Körper, und die Flügel schmiegten sich an ihn, als wären sie schon immer ein Teil von ihm gewesen.

„Wie es ihm wohl ergeht, so ganz ohne seine Schwebehilfen?", fragte sich Jakob und hatte einen Augenblick Mitleid mit seinem Engel. Dann aber sagte er sich, dass ein Schutzengel wahrscheinlich gut auf sich selbst aufpassen könne, sonst hätte er seinen Namen kaum verdient. Zufrieden kuschelte sich der liebesbedürftige Mann in die zarten Federn, die ihren Träger merklich stärkten, und drehte sich frech im Kreis.

Dabei fühlte er plötzlich klar und deutlich, dass er irgendwo unten auf der Straße gebraucht wurde. Ohne nachzudenken, öffnete er das Fenster seiner Dachgeschosswohnung, stellte sich auf das Fensterbrett und sprang hinaus. In der Luft überkam ihn dann doch eine seltsame Unruhe, die damit zu tun haben konnte, dass er senkrecht nach unten stürzte. Aber obwohl er vergeblich versuchte, die Flügel zu öffnen, spürte er keine Angst.

„Ein eher kurzes Abenteuer", kam es ihm in den Sinn, dann näherte sich der Boden mit unglaublicher Geschwindigkeit.

Jakob fiel weiter. Er hatte das Durchdringen der Straßenoberfläche nicht einmal gespürt. Heil durchquerte er nicht nur die Abwasserkanäle, sondern auch die Felsen, die unter den vielen Erdschichten lagen. Langsam wurde es wärmer.

„Nach oben", dachte er irgendwann, und ehe er sich versah, machte er eine Kehrtwendung und schoss wieder Richtung Himmel.

„Halt", befahl Jakob sich, als das Licht ihn blendete, und da stand er auch schon auf der Straße.

„Merkwürdig, wozu brauchen Engel eigentlich ihre Flügel, wenn sie sich mit Geisteskraft bewegen?", murmelte er vor sich hin, bevor er sich, ganz langsam, in eine angenehme Flughöhe dachte. Entspannt schwebte er über die Stadt, blickte neugierig in hell erleuchtete Wohnzimmer, erkannte hin und wieder einen anderen vorbeieilenden Engel, ohne sich darüber zu wundern, und flog einige interessante Kunstübungen, die ihm im Sportunterricht nie gelungen waren. Als es anfing zu regnen, wurde er erfreulicherweise nicht nass, im Gegenteil, das wohlige Gefühl nahm sogar noch zu.

Instinktiv fing Jakob an, die Menschen zu beobachten. Und plötzlich spürte er wieder intensiv und diesmal ohne jeden Zweifel, dass sich bald, sehr bald dort unten ein schwerer Unfall ereignen würde, wenn nicht einem der himmlischen Boten etwas einfiele.

Kurz darauf wusste Jakob genau, was bevorstand, ja er sah die Abläufe sogar in Zeitlupe vor sich: Auf dem Bürgersteig der schmalen Hauptstraße lief zwischen den gerade erblühenden Kastanienbäumen eine in ihren Regenmantel vermummte Frau. Sie pfiff „I'm singing in the rain", sprang lachend um die sich vergrößernden Pfützen herum und achtete nur wenig auf das, was um sie herum geschah.

Auf dem Bürgersteig der nächsten Seitenstraße aber näherte sich erstaunlich schnell ein offenbar gehetzter Fahrradbote, der in wenigen Sekunden an der unübersichtlichen Ecke in die fröhlich tänzelnde Fußgängerin hineinrasen würde.

Jakob dachte sich blitzschnell neben die Frau und schrie ihr zu, sie solle aufpassen – vergeblich. Als er in Panik nach ihr greifen wollte, langten seine Hände ins Leere, sie konnten sich dem Körper nicht bemerkbar machen. Er sang, fluchte, sprang, klatschte. Einige Male hielt er ihr die Augen zu. Sie aber bemerkte nichts davon.

Voller Angst wünschte er sich um die Ecke und versuchte, den übereiligen Radfahrer zu beeinflussen – auch vergeblich. Zu guter Letzt schlug er ihm mit voller Kraft ins Gesicht. Der Schwung seines Kinnhakens ließ ihn durch den unbeirrbar Dahinrasenden hindurchfliegen.

Bevor Jakob sich orientieren konnte, hörte er hinter sich einen Schrei und einen schreckenerregenden Knall, der sich in furchtbaren Geräuschen verlor. Als er sich umdrehte, lagen die beiden Beteiligten blutend am Boden und atmeten schwer. Die Frau hatte sich neben einigen eher unbedeutenden Schrammen offensichtlich das Bein gebrochen, während der Radfahrer wohl nur unter Schock stand und ungläubig die Reste seines ehemals wertvollen Alurahmens bestaunte.

Traurig saß Jakob auf einem Baum, als der Krankenwagen die beiden fortbrachte, und fühlte sich hundeelend. Er verstand weder die Zusammenhänge dieser unglaublichen Erlebnisse noch sein Versagen.

„Na, da habe ich ja noch mal rechtzeitig eingegriffen, was?" Ein kleiner, strahlender Engel setzte sich neben Jakob und legte ihm tröstend einen Flügel um die Schultern.

„Wenn ich nicht gewesen wäre, wäre die junge Dame mit dem Kopf auf den Asphalt geknallt und hätte sich einen Schädelbasisbruch geholt, aber so wird sie mit einem Gipsbein davonkommen. Sag mal: Du scheinst ja eher neu im Geschäft zu sein – mit deinem Rumgewinke und Gejohle. Hast du tatsächlich geglaubt, du könntest damit irgendwas erreichen?"

Jakob schluckte zweimal schwer, dann riss er sich zusammen: „Entschuldige, aber ich bin eigentlich ..."

Er wurde unsicher, ob nicht auf unberechtigtes Benutzen von Flügeln möglicherweise ungeahnte himmlische Strafen stehen, und so fuhr er vorsichtig fort: „... eigentlich heute zum ersten Mal dabei. Und ich habe gleich völlig versagt."

„Jetzt nimm's nicht so schwer. Das passiert doch jedem am Anfang. Ich hatte damals den Job, den Untergang von Pompeji zu verhindern! ... Kleiner Scherz unter Engeln, kennst du sicher schon."

„Warum hat sie mich nicht bemerkt? Ich habe doch alles versucht!"

„Na, du bist aber naiv. Oder ist die Grundausbildung inzwischen so im Niveau gesunken? Wir können uns den Menschen nicht so einfach bemerkbar machen, das wenigstens solltest du wissen. Na ja, ab und an macht der Chef eine Ausnahme, dann geht es aber fast immer gleich um Weltgeschichte. Und rate mal, wer dann den Auftrag bekommt; keiner von uns, sondern einer von den Großen, Gabriel, Michael oder Uriel, aber das weißt du ja selbst, wenn du aufgepasst hast."

„Und was wollen ... äh ... wir dann hier?", stotterte Jakob verwirrt.

„Wir bringen Hoffnung. Vielleicht sind wir nach menschlichen

Kategorien sogar die Hoffnung selbst. Und wir hoffen umgekehrt darauf, dass uns die Menschen zuhören. Denn Kommunikation zwischen den Welten ist ja nicht unmöglich, aber sie kann eben nicht von uns ausgehen, sie muss gewünscht werden.

Wenn jemand an uns glaubt und mit uns reden will, kann er uns auch entdecken. Wenn diese Frau von eben schon einmal mit Engeln geredet hätte, hätte sie dich wahrscheinlich auch gehört."

Er lachte. „Ein guter Freund und Kollege von mir hat zum Beispiel neulich einen Typen vor einem Unfall bewahrt, und der wollte so gerne seinen Engel sehen, dass die beiden nachher sogar miteinander sprechen konnten."

Jakob lachte leise, „wenn der wüsste", dann bohrte er weiter: „Wir können also gar nichts Konkretes bewirken?"

„Doch, natürlich, ich habe eben auch etwas getan, dafür haben wir schließlich unsere Flügel. Mit denen kannst du auf unerklärliche Weise Dinge, Personen und Vorgänge beeinflussen. Die Federn strahlen irgendwie Gottes Kraft aus und helfen der Welt. Breite deine Schwingen aus, und alles atmet freundlicher. Du wirst bald entdecken, dass du mit ihnen wirklich tolle Sachen machen kannst. Und manchmal merken die Leute sogar etwas von deiner Gegenwart.

Aber sei vorsichtig, es gibt Menschen, denen kannst du noch so massiv Liebe entgegenfächern, die werden dich nie bemerken. Ich habe schon viele Leute zugrunde gehen sehen, weil sie meine Hilfe einfach nicht wollten. Glaub mir: Wir haben oft einen undankbaren Job, denn auch wir sind in einigen Fällen völlig machtlos."

Sein Nachbar seufzte: „Manchmal ist es richtig traurig, dass Engel nicht weinen können … So, jetzt muss ich aber zu meinem nächsten Klienten, bis bald mal!"

Einen ganzen Tag lang breitete Jakob seine Flügel aus und brachte ein wenig Licht in die Stadt. Einem einsamen Großvater schenkte er ein Lächeln, zwei streitenden Geschwistern gab er ein harmonisches Verstummen, eine Frau wäre ohne ihn fast vor einen Zug gesprungen, ein vergesslicher Ehemann erinnerte sich gerade noch rechtzeitig an seinen Hochzeitstag, und einem Teenager-Pärchen machte er Mut zum ersten Kuss.

Hin und wieder meinte er sogar, die Ahnung seiner Nähe bei einigen der Besuchten zu entdecken. Denn: Wo er hinkam, wurden die Farben heller und die Gesichter strahlender. Genauso oft aber verschlossen sich Menschen ganz.

Manchmal bekam Jakob ein wenig Angst vor der großen Verantwortung, die er plötzlich trug, und gegen Abend wurde ihm klar, dass er seinen eigenen Engel suchen musste, um ihm die Flügel zurückzugeben.

Den ganzen nächsten Tag flog Jakob die Stadt ab, ohne eine Ahnung davon zu haben, wo er suchen sollte. Anfangs schienen ihm Kirchen, Klöster oder ähnliche Gebäude der rechte Ort zu sein. Dort waren aber meist überhaupt keine Engel zu finden. Zu seiner Überraschung fiel ihm ein, dass er nicht einmal den Namen seines Schutzengels wusste, sodass er sich auch nicht zu fragen traute. Bald erkannte er, dass er in der Großstadt Frankfurt mit seinen unsystematischen Stichproben niemals Erfolg haben würde.

„Von wem bekommt eigentlich ein Engel Hilfe, wenn er sie mal braucht?", schimpfte Jakob, begriff aber schnell, dass er einfach nicht genug über das Dasein und die Lebensform der Himmelswesen wusste. Da stand er nun und versuchte als Aushilfsbote Gottes, einen wirklichen Engel aufzutreiben, um ihm seine Flügel wiederzugeben.

Mit allen logischen Kniffen versuchte Jakob eine Möglichkeit nach der anderen auszuschließen. Er kam aber zu keiner Lösung.

Schließlich streifte er die Flügel ab und lud viele Freunde und

Kollegen zum Abendessen ein. Ein wenig mühsam, aber doch erfolgreich gelang es ihm, das Gespräch im Lauf des Abends immer wieder auf die Frage „Wo würde eigentlich ein Engel Urlaub machen?" zu bringen. Zumindest lösten die Beiträge fast immer allgemeine Heiterkeit aus, und Jakob war erstaunt, wie leicht man über ein so komplexes Thema reden konnte.

„Unter uns", sagte irgendwann gegen zehn einer seiner ehemaligen Kommilitonen, ein promovierter Soziologe, „wenn ich ein Engel wäre, würde ich gucken, dass ich im Urlaub nicht helfen müsste. Schließlich macht jeder das in den Ferien, was er sonst nicht bekommt. Ich wette, ein Engel freut sich über Schicksalsgeschichten, bei denen er überflüssig ist."

„Ich Depp, natürlich", schrie Jakob laut, „Engel können doch normalerweise nicht weinen. Das hat jedenfalls ein anderer Engel gesagt. Dass ich da nicht sofort darauf gekommen bin".

Vor den Augen seiner verblüfften Freunde zog er die Flügel über und sprang aus dem Fenster. Nach einem kurzen Moment hatte er die Orientierung gefunden und dachte sich sofort ans Ziel. In einem Atemzug flog er direkt durch die Wände des Gebäudes in den Innenraum – was ihm beim ersten Mal doch etwas Angst bereitet hatte – und sah sich forschend um.

Natürlich, da saß er, sein Engel, auf der Brüstung des ersten Ranges und weinte begierig und genussvoll über das Ende des fünften Aufzugs von „Nathan dem Weisen".

Leise setzte sich Jakob neben ihn, und als der Tempelherr und Recha sich auf der Bühne gerührt und verschreckt in die Arme fielen, weil sie erkannten, dass sie Geschwister waren, legte der menschliche dem wahren Engel den Flügel um die Schultern, weil beide gleichermaßen bewegt waren.

„Ich hätte gleich darauf kommen können, dass du hier bist", flüsterte Jakob, „warst du jeden Abend im Schauspielhaus?"

„Ja", sagte der Engel, „es ist himmlisch. Du schaust zu und kannst Leid und Glück ganz ohne Pflichtgefühl oder Depression genießen. Im Theater sind die Gefühle frei, weil es eben nur ein Spiel ist. Außerdem musste ich ja hier auf dich warten."

„Wie bitte", empörte sich Jakob, „was soll denn das heißen? Ich habe dich mit viel Mühe und Aufregung gefunden!"

„Das glaubst du, weil du von Engeln noch so gar keine Ahnung hast. Nun ja, ich denke, du hast inzwischen sicher etwas verstanden. Und jetzt gib mir bitte schnell die Flügel wieder, mein Urlaub ist nämlich vorbei."

Wenig später entstand ein kurzer Tumult, als aus heiterem Himmel ein leicht verwirrter Mann auf der Brüstung des ersten Ranges saß. Wäre das Stück nicht ohnehin zu Ende gewesen, es hätte einen Skandal gegeben.

„Sie sind ein Engel", schmeichelte ihm die vielversprechende Frau mit der kurzen frechen Frisur, der er am nächsten Tag am Supermarkt beim Einladen ihrer Einkäufe half.

„Oh nein, ganz bestimmt nicht", sagte Jakob vieldeutig und lud die fröhlich-grinsende Attraktion sofort zu einem Kaffee ein. Da erst entdeckte er, warum sie ihm gleich so bekannt vorgekommen war: Eines ihrer schlanken Beine steckte in einem Gips.

„Wem zwinkern Sie da eigentlich zu?", fragte sie charmant.

12

Verbranntes Herz: Elia nach dem Aufwachen

„Steh auf und iss!"

Mach ich ja.

Also: aufstehen.

Gleich.

Jetzt esse ich erst mal.

Schmeckt übrigens gut. Geröstetes Brot. Und Wasser.

Hab lange nichts mehr in den Magen gekriegt.

Du warst schon mal da – stimmt's? Oder habe ich das nur geträumt?

Nein … nein, ich habe dich schon gesehen. Ganz sicher. Da hast du nämlich auch gesagt: „Steh auf und iss!" Mit deiner dunklen, kehligen Stimme: „Steh auf und iss!"

Wann war das? Gestern? Vorgestern? Vor einer Woche? Keine Ahnung.

Ich habe völlig den Überblick verloren, wie lange ich schon unter diesem Wacholderbusch hier liege. Oder ist das Ginster? Egal. Ich war so müde und habe einfach nur geschlafen.

Sag mal: *Wer* bist du eigentlich? Vor allem: *Was* bist du? Ein Engel? … Oder vielleicht ein Spion Isebels? Ein Häscher?

Vor allem aber: Was ist das für ein erstaunliches Brot? Bei jedem Bissen hat man das Gefühl, als kehrten die Lebensgeister in einen zurück. Und dieses Wasser. Wie ein Quell des Trostes in trauriger Zeit.

Du hast mich gerettet, weißt du das?

Natürlich weißt du das! Sonst wärst du nicht hier.

Tja ... nur bin ich mir gar nicht sicher, ob ich das überhaupt möchte. Ob das wahrhaftig ein Segen ist. Dieses Gerettet-Werden. Weißt du: Nicht jede Rettung bringt Heil.

Denn: Ich will gar nicht mehr leben ... ich habe genug ...

Meine große Frage lautet: Wozu?

Ja, wozu sollte ich noch leben wollen?

Wozu?

Über kurz oder lang werden mich die Soldaten der Königin ohnehin fassen ... und hinrichten. Isebel ist hart und grausam. Da sterbe ich doch lieber hier in der Wüste – in der Nähe von Beerscheba, beim verehrten „Brunnen des Schwurs", den Abraham seinem Gott einst leistete. Diesem unbegreiflichen Herrn der Seelen.

„Morgen um diese Zeit wird deine Seele tot sein." Das hat sie mir ausrichten lassen. Isebel. Durch ihren Boten. Und ich kann gewiss nicht gegen die gesamte Streitmacht König Ahabs, ihres Mannes, antreten. Und ich will auch nicht.

Ich will überhaupt nicht mehr kämpfen. Ich kämpfe schon so lange. Irgendwann reicht es.

Ein kluger Mann fühlt, wann er verloren hat.

Also bin ich weggerannt. Nicht nur vor ihr. Vor der Königin. Auch vor mir.

Guck nicht so komisch. Ja, ich habe aufgegeben. Mich. Na und? Ich habe mich aufgegeben, weil da nichts mehr übrig ist, auf das ich hoffen könnte. Denn: Diese ewige Angst, nicht zu genügen, raubt mir den Verstand. Seit so vielen Jahren.

Kämpfen. Kämpfen. Kämpfen.

Ich kann nicht mehr.

Was ist das für eine Welt, in der man andauernd kämpfen muss? In der man nie zur Ruhe kommen darf? Weil jeder Sieg nur der

Auftakt einer neuen Schlacht ist? Weil jeder Erfolg den nächsten schier unüberwindlichen Gegner auf den Plan ruft?

Dabei rede ich nicht allein von bewaffneten Feinden. O nein! Irgendwo sitzt da ein Feind in mir. Und zwar der übelste. Der Feind schlechthin. Einer, der mir andauernd gehässig einflüstert: „Wenn du diese Aufgabe gemeistert hast, dann musst du sofort die nächste, noch schwierigere Aufgabe angehen. Du musst noch erfolgreicher werden. Und zwar stetig. Du darfst nie zufrieden sein. Weil dich sonst keiner mehr achtet."

ICH WILL ABER ENDLICH MAL GENUG HABEN.

Frieden finden dürfen.

ANKOMMEN.

Ich kann nicht noch mehr leisten. Noch größere Herausforderungen annehmen. Da ist keine Energie mehr übrig. Nichts. Nur noch Leere. Traurigkeit und Furcht.

Es könnte übrigens sein, dass da dein köstliches Röstbrot daran auch nicht viel ändert. Obwohl es wirklich Kraft gibt.

Aber es ist ja gar nicht mein Körper, der müde ist ... es ist mein Herz. Mein wund geriebenes Herz. Mein wund gekämpftes Herz. Mein wund geliebtes Herz.

Ja, mein Herz ist müde, todmüde.

Weißt du, irgendwann dachte ich nur noch: Ich schaffe es ja eh nicht, satt zu werden. Niemals. Vielleicht ist es da sinnvoller, sich von dieser Welt zu verabschieden. Mich einfach in der Wüste hinzulegen und die Herausforderungen hinter mir zu lassen. Weit hinter mir. Ganz weit. Ganz ganz weit weg ...

Darum habe ich gefleht: „Gott, es ist genug. Nimm nun, Herr, meine Seele."

Und was macht er? Dieser Nicht-Erbarmer?

Schickt dich. Nehme ich jedenfalls an.

Aber ich will dich nicht. Hörst du: Ich will dich nicht.

Weißt du was: Verschwinde! Wer immer du auch bist. Mach dich ab. Ich will dich nicht sehen. Ja! Los! Weg mit dir! Ich kann dein penetrantes Grinsen einfach nicht mehr ertragen.

Sag mal … bist du taub? Ich habe gesagt: Du sollst abschwirren. Wenn ich unter diesem Busch sterben möchte, dann ist das meine Sache, meine freie Entscheidung.

Hier, du kannst dein blödes Brot behalten. Friss es doch selber! Nicht mal ein Stück Fleisch hast du dabei. Nur Röstbrot. Echter Feinschmecker, nicht wahr?

Wie kann man nur so stumm da rumstehen? Sag was? Oder mach was? Aber hör auf, mich so anzuglotzen.

HÖR AUF!

„Steh auf und iss!" Hast du noch was anderes drauf? Na, offensichtlich nicht.

Aha. Du willst also bleiben. Na bitte. Dann bleib! Ist eh bedeutungslos. Für mich jedenfalls.

Ich werde dann … dann … dann werde ich eben aufhören, zu essen und zu trinken. Und du kannst dabei zuschauen, wie ich traurig dahinsieche, bis ich endlich Frieden finde.

Wie lange überlebt man in der Wüste ohne Wasser? Einen Tag? Zwei?

Ich werde womöglich drei schaffen. Ich bin ja inzwischen gewohnt, ohne Wasser auszukommen. Die Trockenzeit, die jetzt so viele Jahre unser Land ausdörrte, zerriss und in eine Steppe des Sterbens verwandelte, hat uns alle genügsam gemacht.

Diese grausame Dürre. Und ich … ich war auch noch daran schuld, dass Mensch und Tier darbten. Dass sie verendeten. Zumindest indirekt.

Ja, als Gott mich damals zu König Ahab schickte, war schließlich genau das meine Botschaft, mein prophetischer Auftrag: „So wahr Jahwe, der Herr, der Gott Israels, lebt: Es sollen von nun an weder Tau noch Regen kommen – es sei denn, ich lasse es zu."

Damals hat Ahab noch gelacht. Natürlich. Er hatte ja wie all die anderen Israeliten angefangen, an Baal zu glauben. „O Baal, erhöre uns!"

Baal, der Wettergott. Der Erzeuger des Regens und der Fruchtbarkeit. Der Herr der Vegetation. Der Lenker der Flüssigkeiten. Kein Wunder, dass Jahwe ausgerechnet dem Regen Einhalt gebot.

Nur: Als dann das Wasser tatsächlich versiegte, im Himmel und auf der Erde, Woche für Woche, da wurde König Ahab leider nicht einsichtig. Im Gegenteil. Seine Frau Isebel bekämpfte die Propheten Jahwes nur umso heftiger, weil dieser es gewagt hatte, ihren hässlichen Regenmacher herauszufordern. Ausrotten wollte sie uns, die wir noch am Gott Israels festhielten.

Die meiste Zeit habe ich damit verbracht, Verstecke zu organisieren, Höhlen oder abgelegene Täler, in denen unsere Priester sich verbergen konnten. Mithilfe des Propheten Obadja. Hier fünfzig Leute und da fünfzig. Weil Isebel jeden Geistlichen, den sie fand, sofort vernichten ließ. Die Frau ist wirklich von Sinnen.

Glaube mir. Ich habe die misshandelten Leichname gesehen. Wundere dich also nicht, dass ich Angst habe. Grausame Angst.

Ich hatte übrigens auch Angst, als Gott mich plötzlich beauftragte, mich mit Ahab zu treffen … aber wer hat schon den Mut, Gott zu sagen, dass er seine undankbaren Aufgaben gefälligst selbst erledigen soll?

Nun, der König war zum Glück eher verzweifelt als aggressiv. Sein Land vertrocknete. Und damit auch sein Hochmut. Trotzdem sagte er bei unserer Begegnung als Erstes: „Elia, du Unglücksbringer!"

Als hätte ich persönlich den Regen aufgehalten. Das fing ja gut an.

Ich atmete einmal tief ein. Dann erwiderte ich harsch: „Nicht ich stürze Israel ins Verderben, sondern du und deine Familie, weil ihr die Gebote Jahwes vergessen habt und jetzt Baal hinterherrennt."

Ich sah ihm an, dass er erregt mit mir diskutieren wollte, doch Gott ließ mich ihn unterbrechen und sagen: „Pass auf! Bring die vierhundertfünfzig Baals-Priester, die du ins Land geholt hast, auf den Karmel, den alten Sitz der Gottheiten, den Baumgarten, den Gipfel der Heiligkeit. Dort können wir die Sache klären. Ein für alle Mal."

Und siehe da: Anscheinend war der Durst des Landes in diesem Moment schon so groß, dass der König der Aufforderung sofort nachkam.

Nur wenige Tage später standen wir auf der stolzen Erhebung. Die riesige Schar der Baalsdiener – und ich.

Ich forderte das Wort und sprach zu den Hunderten von Schaulustigen, die sich um uns herum versammelt hatten: „Wie lange wollt ihr noch auf beiden Seiten hinken? Es kann nur einen Herrn dieser Welt geben. Also entscheidet euch: Wenn Jahwe, der Gott Abrahams und Jakobs, dieser Herr ist, dann wandelt ihm nach, ist es aber Baal, dann werdet seine Anhänger. Ganz! Denn man kann nicht zwei Herren dienen. Diese Halbherzigkeit beleidigt jeden Gott."

Sie schauten mich mit stumpfen Augen an. Feige. Verdattert. Erbost. Schauten zwischen mir und der vor Selbstbewusstsein strotzenden Schar der Baals-Priester hin und her. Her und hin. Hin und her.

Also rief ich: „Seht her! Ich bin der letzte Prophet Jahwes – und dort stehen vierhundertfünfzig Propheten Baals. Wisst ihr was: Lasst uns gegeneinander antreten! Ein Wettstreit der Himmel. Ja, gebt uns zwei junge Stiere, dann mögen die stolzen Baalsmänner wählen, welchen der beiden sie nehmen möchten, und anschließend bereiten wir jeweils ein großes Festopfer für unsere verehrten Götter vor.

Aber … ABER … und jetzt passt gut auf … wir legen kein Feuer. Hört ihr? Kein Feuer. Das soll die Prüfung sein. Beide Seiten rufen zu ihrem Gott … und der Gott, der mit Feuer vom Himmel antwortet, der ist der wahre Gott. Einverstanden?

Wie könntet ihr nicht? Ich meine: Euer Baal ist als Herr des Wetters doch auch der Vater der Blitze und der Flammen. Feuer ist angeblich seine höchste Kunst. So lasst miteinander sehen, ob es ihn gibt – oder ob er nichts ist als eine verglühende Einbildung. Ein Wunschtraum. Eine fruchtbare Sehnsucht, die in einem unfruchtbaren Trugbild endet.

Und da ihr so viele seid, ihr Baalsmänner, lasse ich euch gerne den Vortritt."

Es war großartig. Ein Anblick für die Götter. Wenn ich das mal so sagen darf. Zumindest einer für Jahwe. Denn die Priester Baals beteten drei Stunden lang laut und inbrünstig um den Altar, den sie errichtet hatten.

„Baal, erhöre uns! Baal, erhöre uns! Baal, erhöre uns!"

Ein wilder Hilferuf.

Und?

Nichts! Keine Stimme. Keine Antwort. Und erst recht kein Feuer.

Gegen Mittag wurde ich ungeduldig. Und auch ein wenig gehässig. Hämisch schrie ich über den Platz, damit alle Zuschauer es hörten: „Na, was ist jetzt? Wo ist euer Baal? Macht er etwa Urlaub? Hat er womöglich Wichtigeres zu tun? Oder schläft er, weil er sich für euch nicht interessiert? Ihr solltet ein wenig lauter schreien, damit er endlich aufwacht. Ich finde nämlich: Ein wenig beeilen könnte er sich schon. Oder wollt ihr aufgeben und eure Niederlage eingestehen?"

Boah ... da fingen sie vielleicht an zu toben. Einige begannen zu tanzen. Ekstatisch. Mit verdrehten Augen und schlackernden Gliedern. Sie warfen ihre Köpfe herum, als wollten sie diese von ihren Körpern trennen. Andere fingen an, sich selbst zu verletzen, mit Messern und Spießen, bis sie wie lebende Tote aussahen, auferstandene Opfer ihres Irrglaubens.

Ich ließ sie gewähren. Doch dann, es war inzwischen die Zeit der Speiseopfer, rief ich die enttäuschten Menschen herüber auf meine Seite. Und ... sie strömten. Wurden neugierig, was ich denn wohl zu bieten hatte.

Nun, ich ließ mir Zeit. In aller Ruhe baute ich den Altar Gottes wieder auf, aus zwölf Steinen, die für die zwölf Söhne Jakobs, die zwölf Stämme Israels, stehen sollten. Dann hob ich einen ansehnlichen Graben um den Altar aus, so breit, wie man für zwei Kornmaß Aussaat braucht.

Aber damit nicht genug. Nachdem ich das Holz zugerichtet und den Stier zerkleinert hatte, hob ich die Hände und wartete, bis es mucksmäuschenstill um mich herum geworden war. Vorsichtig ließ ich den Wind mein Flüstern von Ohr zu Ohr tragen: „Holt Wasser! Viel Wasser. Dreimal vier Krüge voll Wasser. Und dann gießt es über das Holz und das Brandopfer."

Wie das triefte. Wie das floss. Bis nicht nur alles durchnässt, sondern auch der Graben um die Opferstätte gefüllt war. Jede und jeder sah, dass diese Aufgabe, das Entflammen eines triefenden Opfers, nun eines Gottes würdig war, der wahrhaft Herr der Elemente ist.

Ich stellte mich auf eine kleine Anhöhe, hob die Arme demonstrativ empor – auch wenn das sicher nicht nötig gewesen wäre – und ließ meine Stimme über den Gipfel schallen: „Erhöre mich, Jahwe, erhöre mich, damit die Menschen endlich wieder erkennen, dass du Gott bist ... damit sie ihr Herz wieder zu dir kehren."

Meine Worte waren noch nicht verklungen, als schon ein Blitz herniederfuhr. So gewaltig, dass er alles verzehrte: das Brandopfer, das Holz, die Steine, die Erde und das Wasser. Es sah aus, als leckten die Feuerflammen den gesamten Altar vom Boden weg.

Auf das Brausen folgte Stille.

Atemlose Stille.

Auf die Stille folgte Jubel.

Lauter Jubel.

Überall fielen die Menschen auf ihr Angesicht und sangen, brüllten, kreischten – mit einer Mischung aus Ehrfurcht und Entsetzen: „Jahwe allein ist Gott. Jahwe allein ist Gott."

Und dann …

Dann ließ ich die Propheten Baals ergreifen …

… und töten.

O Gott …

So viel Blut. So viel Hass. So viel Elend.

Als sie gemeuchelt am Ufer des nahe liegenden Baches Kischon lagen, all die Männer, all die zerstörten Leben … da durchzuckte mich ein Gedanke … der eine vernichtende Gedanke, der mich seither nicht mehr loslässt und der mich kurz darauf in die Wüste trieb: „Ich bin nicht besser als Isebel. Nicht ein bisschen. Sie tötet die Propheten Jahwes. Ich töte die Propheten Baals. Wir beide werden im Auftrag unserer Götter zu skrupellosen Mördern."

Und als die Königin mir wenig später ausrichten ließ, dass ich nun auf ihrer Todesliste ganz oben stünde, da wurde ich gewahr, dass sich nichts geändert hatte. Überhaupt nichts. Vierhundertfünfzig Menschen waren gestorben. Ohne jeden Sinn. Nichts würde deshalb heil werden. Nichts. All der Kampf … all die Toten … umsonst. Die Königin würde weiterhin ihren düsteren Baals-Kult fördern, wo es nur ging.

Ja, nicht einmal die Tatsache, dass es kurz nach dem Wettstreit auf dem Karmel angefangen hatte zu regnen, würde irgendetwas ändern. Wir wissen doch, wie es ist: Das Volk rennt über kurz oder lang wieder denjenigen hinterher, die ihnen die schöneren Versprechungen machen. Ist der Durst erst gestillt, verliert die Quelle schnell an Interesse.

Warum erzähle ich das alles?

Keine Ahnung.

Hat doch eh keinen Sinn.

Ich weiß nur eines: Ich möchte kein Handlanger des Todes mehr sein.

Falls du wirklich ein Bote Gottes bist, wie ich vermute, dann kannst du ihm gern etwas ausrichten: Er soll sich für seine abstrusen Vorhaben in Zukunft gefälligst jemand anderen suchen. Ich will nicht mehr morden.

Ich will gerne heilen. Aber nicht mehr töten.

Schon gar nicht so sinnlos.

„Steh auf!"

Ist das alles, was du zu sagen hast?

Achtung: Wenn ich jetzt aufstehe, dann nur, um das Brot aufzuheben, das ich vorhin im Zorn weggeschleudert habe.

So, bitte, jetzt stehe ich. Und nun?

„Steh auf!"

ICH STEH DOCH.

Oder meinst du: Wer steht, der soll auch gehen?

Brot für den Leib. Hoffnung für die Seele.

Welche Hoffnung könnte das sein, die mich dazu brächte, noch einmal loszugehen?

Die Hoffnung, dass Gott doch nicht den Tod, sondern das Leben will?

Wenn ich nur glauben könnte, dass da noch etwas auf mich wartet.

Na gut. Immerhin hat Gott dich geschickt. Bist du so was wie ein Zeichen? Ein Hinweis?

Also gut …

Eine Chance gebe ich Gott noch. Die letzte. Wenn er wieder mit Sturm oder Feuersbrunst die Welt verderben will, dann … dann ohne mich.

Sag ihm das!

Ja, ich geh ja schon …

Mein brauner Daumen

Ich betrachte Pflanzen meist sehr eingehend. Also: Ich betrachte sie ... und sie gehen ein. Ich weiß nicht, warum. Wirklich nicht. Ich mache doch alles genau nach Anleitung. Ich gieße, dünge, pflege, harke – und ich singe sogar für sie. Stundenlang. Na ja, vielleicht liegt es daran.

Wie dem auch sei: Ich habe die seltene Fähigkeit (oder ist es ein Fluch?), jedes noch so blühende Gewächs innerhalb kürzester Zeit in ein bräunliches, muffelndes Etwas zu verwandeln. Selbst Kakteen sträuben sich die Stacheln, wenn sie mir in die Hände fallen.

Und so gestehe ich – geknickt wie die mir anvertrauten Geschöpfe: Pflanzenleichen pflastern meinen Weg. Aber ich bin unschuldig! Glauben Sie mir! Schuld ist mein brauner Daumen.

Erst kürzlich wurde mir das wieder schmerzhaft bewusst. Da hing nämlich in der Küche dieser Zettel. Noch lag der Duft meiner Frau im Raum. Ja, sie hatte sich gerade zärtlich verabschiedet, bevor sie zu einem mehrtägigen Seminar aufgebrochen war. In diesem Augenblick begann das Verhängnis. Mit einem riesigen Ausrufezeichen am Kühlschrank: „Bitte kümmere dich um die Blumen im Garten! Vor allem um die Chrysanthemen und die Bougainvillea."

Bougain ... häh? Was ist denn das überhaupt? Außerdem: Was sollen eigentlich immer diese ekligen Zettel, die überall kleben,

als wäre ich total vertrottelt. „Tau die Pizza auf, bevor du sie isst!"
Hallo?!

Also: um die Blumen kümmern. Ich warf einen vorsichtigen
Blick durch die Terrassentür. Für mich sah das alles gleich aus.

Ich meine: Was von dem Gestrüpp sind Chrysanthemen? Und:
Schreibt man das wirklich so? Moment. Stand da nicht noch etwas auf dem Blatt, unten?

„Wenn du Fragen hast, ruf Feierabends an, die haben einen großen Schrebergarten und kennen sich aus."

Mist! Da ging nur der Anrufbeantworter dran.

Weil ich wusste, dass wir das Buch ganz sicher irgendwo haben,
gab ich nicht auf. Da bin ich eisern. Und schon gefühlte 800 Minuten später fand ich den Albtraum aller Freiluftphobiker: „Was
blüht denn da?"

Mit diesem Pflanzenbestimmungsungetüm stand ich kurz darauf fröstelnd im Garten – bis ich endlich enträtselt hatte, welche Dinger Chrysanthemen sind. Nun, ganz sicher war ich nicht.
Schließlich sind sich Blumen doch irgendwie alle ähnlich. Aber
weil die Leute auf der Straße schon kicherten, als ich zum zehn-
ten Mal das Bild im Buch neben die Blüten hielt, ging ich lieber
wieder rein.

Drinnen hatten mir Feierabends auf Band gesprochen: „Wir haben mit deinem Anruf gerechnet. Deine Liebste hat uns ja vorge-
warnt. Pass bitte vor allem auf die Bougainvillea auf, die ist total
empfindlich. Und einiges muss demnächst beschnitten werden.
Jetzt fahren wir weg. Tschühüss!"

Toll! Wovon reden die alle? Ich will niemanden beschneiden.
Ich dachte, diesen Brauch hätten wir im christlichen Europa überwunden. Was soll ich denn jetzt machen?

Drei Tage später hatte sich der Anblick unseres Gartens sehr verändert. Zum Schlechteren. Die ehemals blühende Pracht ließ die Köpfe hängen. Und zwar überall. Gebeugt vom Leid. Dafür standen an den Zäunen drum herum immer mehr Nachbarn.

Wir unterhielten uns prächtig. Mit Menschen kann ich nämlich. Nur das Grünzeug wollte nicht. Trotz der unerschöpflichen Ratschläge all dieser qualifizierten Gartenexperten.

Ein dürres uraltes Männlein kam mehrfach mit dem Rollator ans Tor und berichtete, wie es ihm gelungen war, ein Beet mit Usambaraveilchen anzulegen – damals, in Stalingrad im Schützengraben. Man müsse nur wollen.

Ich wollte ja. Aber es ging nicht. Möglicherweise, weil ich nun mal nicht weiß, was eine Bougainvillea ist.

Am Schluss war es gar nicht so schwer: Ich habe einfach alles umgepflügt. Das schien mir sicherer. Manchmal braucht es eben einen Neuanfang.

Einige Nachbarn haben auch schon angefragt, ob ich bereit wäre, mich mal um ihren Efeu und andere störende Sachen zu kümmern: „Wir dürfen die Linde eigentlich nicht fällen, aber wenn Sie vielleicht …"

Später. Jetzt habe ich andere Sorgen. Gleich kommt meine Frau nach Hause.

Myomorphus

Das Schreiben fällt immer noch schwer. Der Stift entgleitet mir häufig, und die Buchstaben reihen sich groß und ungelenk aneinander. Es ist, als müsste ich die Worte auf das Papier zwingen. Eines nach dem anderen. Jedes ein Kraftakt. Jedes eine eigene Geschichte.

Und doch habe ich begriffen, dass man so die Welt tatsächlich festhalten kann. Nur so. Das, was war, wird auf geheimnisvolle Weise eingefangen in diesen dünnen Linien, die sich über die Seite schlängeln. Leben in Sätzen.

Manchmal werden die Schmerzen in den Beinen und auf dem Rücken so unerträglich, dass ich einfach aufhören möchte. Meine Verletzungen sind schwer, und mit jedem Tropfen Blut schwindet das Leben weiter aus mir. Doch weil ich möglicherweise der Letzte aus dem Labor bin, der jemals etwas schreiben wird, darf ich nicht aufgeben.

Ich darf nicht. Ich darf nicht.

Oh, ich weiß, dass hier keiner mehr ist, der meine Worte lesen könnte. Sie sind ja alle tot. Der Geruch nach verbranntem Fleisch liegt schwer und süßlich in der Luft. Und die Flammen finden noch immer genügend Futter, um weitertanzen zu können. Einige der verkohlten Gestalten um mich herum erkenne ich sogar. Diese Monster. Diese abartigen Wesen, die mich über Wochen und Monate gequält und gefoltert haben. Oder?

Oder muss ich ihnen vielleicht sogar dankbar sein? Letztlich kann ich all das hier nur aufschreiben, weil sie mich stark gemacht haben. Ich weiß nicht, was ich denken soll. Ich weiß nur, dass ich festhalten muss, was geschehen ist. Wort für Wort. Buchstabe für Buchstabe.

Das bin ich Thea schuldig. Thea, die neben mir gefangen war und die ich nicht mehr aus der Zelle befreien konnte, als das Inferno losbrach. Deren verzweifeltes, schrilles Schreien wahrscheinlich für alle Zeiten in meinen Ohren nachklingen wird. Wie ein großer Riss in mir.

Ich konnte hören, wie das Feuer sie auffraß. Bis die Schreie plötzlich aufhörten und trotz der tobenden Flammen eine schreckliche Stille hinterließen, die noch viel unerträglicher schien. Natürlich war Thea ein bisschen einfältig. Wären wir uns unter anderen Umständen begegnet, hätte ich sie wahrscheinlich gar nicht wahrgenommen.

Obwohl, wer weiß? Hormone sind stark. Tatsache ist jedenfalls, dass wir uns als Leidensgenossen und Zellennachbarn gegenseitig Halt geben konnten. Durch die Gitter hinweg. Ihre Nähe, ihre dunklen Augen, ja, sogar ihr Geruch waren irgendwann das einzig Vertraute in dieser schrecklichen Umgebung. In meinen Zeilen wird Thea weiterleben. Hoffentlich.

Thea und ich wurden schändlich missbraucht. Nicht sexuell – und dennoch körperlich. Immer und immer wieder. Wochenlang. Ein Albtraum. Ich hätte nie für möglich gehalten, dass Menschen derart grausam sein können. Aber jetzt weiß ich es besser: Menschen sind Tiere.

Allen voran Dr. Gunnarson, der süffisant betonte, dass all seine Experimente im Dienst der Wissenschaft geschähen. Er hielt sich für ein verkanntes Genie und sprach gern scherzhaft (oder meinte er es möglicherweise ernst?) vom „Nobelpreis", den er in absehbarer Zukunft erhalten würde. Bald. Und für dieses hehre Ziel war ihm kein Preis zu hoch.

Nun, jetzt liegt er zusammengekrümmt vor dem Computer. Schwarz und vor allem – tot.

Ich kann nicht genau sagen, was sie mit mir angestellt haben, denn die erste Zeit in der Zelle verschwimmt in der Erinnerung. Viel später erst habe ich begriffen, dass Gunnarson Hirnforscher war und nach einer Möglichkeit suchte, die Leistungsfähigkeit des Gehirns durch die Stimulation des limbischen Systems zu erhöhen.

Er träumte wie so viele vor ihm von dem sagenumwobenen Übermenschen, der endlich seine brachliegende Gehirnkapazität voll ausschöpft und das Denken revolutioniert. Und Thea und ich sollten seine abstrusen Theorien bestätigen.

Fast täglich wurde einer von uns in den Magnetresonanztomografen oder den Positronenemissionstomografen gesteckt. Und ich bin auch ziemlich sicher, dass der skrupellose Wissenschaftler uns mehrfach operiert hat.

Zumindest weiß ich, dass Gunnarson eines Tages in der Lage war, einen Computer an mir anzuschließen. Denn plötzlich sah ich mein Gehirn, oder zumindest Teile davon, mehrfarbig auf dem Bildschirm flimmern. Und spürte die Stromstöße, die durch meinen Kopf zuckten. Dann habe ich nur noch vor Angst gebrüllt. Ich bin doch keine Maschine.

Gunnarson kam aus Island und sang, während er an mir seine perversen Experimente durchführte, immer isländische Kinderlieder vor sich hin. Kleine, eingängige Melodien, über die sich seine nicht weniger perfiden Kollegen bisweilen schon lustig machten.

Für mich dagegen wurden diese Lieder im Lauf der Zeit zu einem grausamen Symbol der Unterdrückung. Wenn ich meine

Augen zumache, höre ich die Worte noch immer: „Sofdu unga ástin min …"

Und eines Tages passierte es dann: Ich verstand den Text. Ganz plötzlich. Obwohl ich vorher niemals ein Wort Isländisch gehört hatte. Als hätte sich eine Tür geöffnet, fluteten die Zeilen in mich hinein:

„Mein kleiner Schatz, schlaf ein!
Da draußen fällt der Regen.
Die Mutter schaukelt's Wiegelein,
ist ja schon so alt wie Stein.
Träume durch den Nebel,
dem neuen Tag entgegen!"

Irgendetwas hatte Gunnarson gemacht. Mit mir. Mit meinem Gehirn. Mit was weiß ich was. Ich beherrschte plötzlich eine fremde Sprache. Und nicht nur das: Ich verstand mit einem Mal auch die Wissenschaftler und die Experimente, die sie mit uns durchführten. Ganz gleich, ob sie Deutsch, Englisch oder Isländisch miteinander sprachen. Und diese Entwicklung hörte nicht auf.

Ich spürte förmlich, dass ich jeden Tag schneller, präziser und klarer dachte. Der Nebel in meinem Verstand verzog sich und machte einer luziden Logik Platz. Ich lernte Dinge, die ich mir niemals hätte vorstellen können.

Ja, vielleicht trifft das meinen Zustand am besten: Ich entdeckte mich täglich neu, weil ich jeden Abend mitleidig auf denjenigen zurückschauen konnte, der ich am Morgen zuvor gewesen war. Ich erlebte, wie mein Begreifen der Welt und ihrer Zusammenhänge unaufhörlich zunahm.

An der Wand neben einem der Tomografen hing ein Spruch,

der offensichtlich lustig sein sollte: „Verstand ist das einzige Gut in der Welt, das gerecht verteilt ist. Jeder denkt, er hätte genug."

Mir ging es anders. Ich spürte, wie mein Begreifen wuchs, und ärgerte mich fortwährend darüber, dass ich so lange so dumm gewesen war. Hätte ich vielleicht mit meinen Plänen noch warten sollen? Nun: Nachher ist man immer klüger.

Während ich das schreibe und immer verzweifelter mit dem Stift ringe, frage ich mich noch einmal: Hätte ich Gunnarson dankbar sein müssen? Sollen? Dafür, dass er die Leistung meines Gehirns immer weiter verbessert hat? Ich konnte nicht. Und ich kann es auch jetzt nicht. Keiner von diesen ach so selbstsicheren Forschern hat mich je gefragt, ob ich an ihren perversen Experimenten teilnehmen möchte. Sie haben ja auch Thea nicht gefragt. Und man darf niemanden zu seinem Glück zwingen. Oder vielleicht doch? Mein Gott, ich weiß es nicht. Außerdem: Was ist Glück?

Bei Thea schlugen die Therapien nicht so an wie bei mir. Leider. Ich sah regelmäßig, wie sie jammernd und blutend dalag. Jedes Mal streichelte ich sie vorsichtig durch die Gitter, wenn sie auf der mir zugewandten Seite ihrer Zelle lag. Und das Leid in ihren Augen war so groß, dass ich mich über die wachsenden Möglichkeiten meines Gehirns nicht freuen konnte. Jedenfalls lange nicht.

Irgendwann fing ich an, mir die Tagesabläufe der verschiedenen Wissenschaftler einzuprägen. Ihre Angewohnheiten, ihre Vorlieben, Empfindlichkeiten und Besonderheiten. Bald konnte ich fast auf die Minute vorhersagen, wann eine bestimmte Person das Labor verlassen würde, um sich etwa auf die Toilette und für eine Zigarettenpause zu verziehen. Vor allem aber studierte ich

Gunnarson. Ich wollte meinen Gegner genau kennen, bevor ich für Thea und mich einen Fluchtplan entwickelte.

Mir wurde schnell klar, dass ich das Schloss an der Tür nicht würde knacken können. Und während der Experimente, für die sie uns aus den Zellen holten, waren immer so viele Mitarbeiter anwesend, dass an eine Flucht nicht zu denken war.

Doch es gab eine Schwachstelle in ihrem System: Der größenwahnsinnige Gunnarson oder einer seiner Helfershelfer brachte uns jeden Morgen gegen sieben einen Teller mit Essen und öffnete dafür die Türen unserer Zellen für etwa zehn Sekunden. Ich begriff: Das war die einzige Möglichkeit zu fliehen. Damals war ich sicher, dass wir es schaffen würden. Gemeinsam. Thea und ich.

Ich musste allerdings dafür sorgen, dass in diesem kurzen Zeitraum der Essensübergabe alle Anwesenden für einen Moment abgelenkt waren. Lange habe ich überlegt, wie ich das anstellen soll. Und dann kam mir die rettende Idee, als Gunnarson eines Abends zu seinem Assistenten sagte: „Haben Sie den Hauptschalter ausgeschaltet?"

Hauptschalter! In mir vibrierte es. Und ich spürte, wie mein Hochleistungsgehirn in Schwung kam. Offensichtlich floss in den Kabeln an den Wänden nachts kein Strom. Das hieß: Auch nicht in dem Kabel, das direkt hinter meiner Zelle entlanglief und zu den Computern führte – was mir aufgefallen war, als sie mich das letzte Mal aus der Zelle geholt hatten.

Ich brauchte zwei Nächte, um das Kabel unauffällig aus dem Kabelkanal zu holen, vorsichtig die Isolierung der beiden Adern zu entfernen und sie mit einem Stück Bindfaden so zu präparieren, dass ein winziger Zug am Faden zu einem Kurzschluss führen würde. Das musste genügen. Dann wollte ich einfach an Gunnarson vorbeispringen und zur Haupttür stürzen, die zwar mit einem Codeschloss gesichert war, sich zu dieser Zeit aber regelmäßig öffnete, weil die Mitarbeiter nacheinander ins Labor geströmt kamen. Kein guter Plan. Das weiß ich jetzt.

Ich versuchte, Thea auf den Ausbruch vorzubereiten, doch sie starrte mich nur aus hohlen Augen an. Sie begriff nicht, was ich von ihr wollte. Trotzdem war ich zu diesem Zeitpunkt überzeugt, dass sich ein Weg finden würde, sie ebenfalls zu befreien. Leise schwärmte ich ihr die ganze Nacht vor, wie es sein könnte, an dem Ort, an den wir beide fliehen würden: ein Paradies.

Manchmal frage ich mich, ob ich mich nicht selbst an meinen Fantasien berauscht habe. Ich kreierte in meiner Fantasie eine neue Welt: „Draußen". Weil ich ja nicht einmal sicher war, ob es für uns überhaupt ein „Draußen" gab. Für sie. Und für mich.

Unsere Gedanken hatten sich so sehr an diese kalte Neonkulisse gewöhnt, dass wir irgendwann nicht mehr glauben konnten, dass noch etwas anderes existierte. Der Schmerz, das Leid, die Ohnmacht, das war unser Horizont. Doch ich versuchte, Thea aufzubauen: „Bitte gib dich nicht auf. Wenn du dich verlierst, kann nicht einmal ich dich mehr finden. Bitte!"

Sie reagierte nicht mehr.

Zuerst lief alles wie geplant. Am nächsten Morgen brachte der dicke Wagner das Essen. Er war so eine Art Laborant. Ich hatte aber aus den Gesprächen herausgehört, dass er an seinem Chemiestudium gescheitert war und deshalb niedere Dienste verrichten musste. Offensichtlich waren diese so nieder, dass er muffig und verschlossen geworden war.

Wagner kam mir gerade recht, weil er langsame Reaktionen hatte und seine frustrierte Unterwürfigkeit ihm ohnehin verbot, etwas ohne vorherige Anweisung zu machen.

Kaum hatte Wagner die Tür geöffnet, zog ich am Faden. Hervorragend. Alles lief wie geplant: Die Lichter an den Schreibtischen gingen aus – und die Computerbildschirme wurden schwarz. Von überallher kamen verärgerte Rufe: „Scheiße", „Verdammt", „Was ist denn jetzt los?"

Unglücklicherweise hatte ich den Laboranten unterschätzt, denn als der den Trubel und die Verwirrung bemerkte, wollte er reflexartig die Tür wieder schließen. Jetzt musste ich handeln, denn noch war sie offen.

Weil ich Wagner körperlich völlig unterlegen war, ließ ich mich nicht auf einen Kampf ein, sondern baute auf den Überraschungseffekt. Ich sprang mit einem großen Satz nach vorne und biss ihn mit aller Kraft in den Mittelfinger, bis ich Blut schmeckte.

Richtig. Er schrie auf, zog die Hand erschrocken zurück und öffnete dabei gleichzeitig die Tür. Blitzschnell rannte ich an ihm vorbei Richtung Ausgang.

Dummerweise hatte Gunnarson meine Flucht bemerkt und rief der Frau, die gerade hereinkam, zu: „Tür zu. Er darf nicht entkommen!" Und diese Frau war schnell. Jedenfalls schneller als ich. Aber zum Glück nicht klüger, denn sie warf die Tür nicht nur zu, sondern drückte auch noch auf die Notverriegelung, die nur mit einem speziellen Code wieder geöffnet werden konnte. Dadurch saßen nicht nur Thea und ich, sondern auch die Wissenschaftler in der Falle.

Verzweifelt versuchte ich, die Situation zu erfassen, und bemerkte, dass jetzt aus allen Ecken des großen Raumes Menschen auf mich zukamen. Was hätte ich machen sollen? Wütend sprang ich auf den Tisch.

Und jetzt funktionierte mein Gehirn präzise wie ein Computer. Ich registrierte die zornigen Gesichter, ließ Dutzende von Lösungsmöglichkeiten an meinem inneren Auge vorbeiziehen – und dann sah ich mit einem Mal die Flasche mit dem Methylalkohol.

Anstatt wegzulaufen, rannte ich direkt auf die Frau an der Tür zu, woraufhin sie ängstlich zurückwich. Das gab mir genügend Zeit, um den Stöpsel aus der Flasche zu ziehen und sie auszuschütten. Danach genügte ein Stoß gegen den Bunsenbrenner und das Labor stand in Flammen.

Die Sprinkleranlage sprang zwar sofort an, doch wenn jemand explosive Gase in einem Labor aufbewahrt, braucht er sich nicht wundern, wenn nach kurzer Zeit alles in die Luft fliegt. Als die Explosion das Gebäude erschütterte, kauerte ich zum Glück schon längst in einem der Stahlschränke hinter dem Abzug, der mich vor dem Gröbsten bewahrte. Allerdings nur vor den Flammen, die Schreie Theas drangen durch alle Türen hindurch und schmerzten mich wahrscheinlich mehr als alle Verbrennungen, die ich durch meine Aktionen erlitten habe.

Gunnarson hat seine Assistenten immer wieder gebetsmühlenartig darauf hingewiesen, dass ein Vorgang erst dann abgeschlossen ist, wenn das Laborjournal sauber geführt wurde. Vielleicht sitze ich deshalb jetzt hier inmitten der Trümmer und bringe das Ganze zu Ende. Schreibe zitternd auf, wie der Fanatiker Thea und mich gequält hat und dann an seiner eigenen Genialität zugrunde ging. Gunnarson, du Schwein! Du geniales Schwein!

Ich habe wahrscheinlich den höchsten IQ, der jemals bei einem Lebewesen gemessen wurde. Aber was mache ich damit? Es ist doch alles kaputt. Alle sind tot. Und was nützt mir die einzigartige Leistung meines Gehirns, wenn ich nicht weiß, wozu ich sie verwenden soll? Wenn ich keine Informationen bekomme, die es zu verarbeiten gilt? Wenn mir die Mosaiksteine des Lebens fehlen, aus denen der Verstand Kunstwerke machen kann? Meine Intelligenz ist tot. Kalt und wertlos.

Meine Schrift ist kaum noch zu lesen, so sehr zittere ich.

Außerdem sind Wolken vor die Sonne gezogen. Ich muss mich konzentrieren. Könnte es sein, dass da „draußen" etwas ist, für das es sich lohnt, zu überleben? Ja oder nein? Verdammt noch mal, ich kenne doch nichts anderes als dieses teuflische Labor. Ich schließe die Augen und atme tief durch. Auf einmal will ich nicht mehr sterben. Das würde weder Thea noch sonst jemandem etwas bringen.

Ich suche den Verbandskasten, finde ihn halb geschmolzen an der Wand und entdecke dort zum Glück einige Streifen Mull, die die Katastrophe überlebt haben. Vorsichtig verbinde ich meine Wunden. Was soll bloß aus mir werden?

Da. Stimmen. Verrückt. Es gibt also tatsächlich eine Welt „draußen". Es sind nicht alle Menschen tot, wie ich dachte.

Ich muss zum Ende kommen. Wer weiß, ob diejenigen, die jetzt gleich hereinstürzen, nicht neue Gunnarsons sind, neue Folterknechte. Ich werde mir meinen Text um den Bauch binden und dann versuchen zu entkommen. Irgendwohin. Irgendwohin, wo ich Zeit habe, über alles nachzudenken. Denken kann ich ja jetzt. Nur, was ich damit anfange, muss ich erst noch lernen.

Mach's gut, Thea. Meine Kleine. Ich konnte dich nicht retten. Trotz all meiner Möglichkeiten. Das tut mir leid. Unendlich leid. Verzeih.

„Intelligenzschmiede" zerstört

Acht Tote bei Brand in Forschungslabor

Frankfurt. Beim Brand eines Labors im Frankfurter Stadtteil Rödelheim starben gestern Vormittag nach Angaben der Polizei acht Angestellte des Instituts „BrainStorm". Unter den Toten war auch der Biochemiker Sigurd Gunnarson, dessen Forschungsarbeiten zum menschlichen Gehirn von der Deutschen Forschungsgemeinschaft gefördert wurden. Gunnarson veröffentlichte mehrere Aufsätze, in denen er neurologische Ansätze vorstellte, mit deren Hilfe er die Intelligenz von Säugetieren (und damit später auch die der Menschen) um ein Vielfaches steigern wollte. Leider war er einen empirischen Beweis seiner Theorien bislang schuldig geblieben. Dennoch galt der Isländer als einer der führenden Neuropharmakologen der Welt.

Der Pressesprecher der Polizei wies darauf hin, dass die Katastrophe aller Wahrscheinlichkeit nach auf menschliches Versagen zurückzuführen sei, nämlich auf das Umstürzen eines Bunsenbrenners und auf ein fehlerhaftes Türschloss, das den Wissenschaftlern den Fluchtweg versperrte. Das Institut, das von Einheimischen als „Intelligenzschmiede" bezeichnet wurde, war zuletzt in die Schlagzeilen geraten, als Umweltverbände gegen die ihrer Meinung nach unnötigen Tierversuche demonstriert hatten, die dort vor allen an Ratten durchgeführt wurden. Die Polizei hat die Ermittlungen aufgenommen.

Ich saß eines Abends nach einem langen Arbeitstag mit einem Cuba Libre auf der Terrasse, als ich plötzlich neben mir ein lautes Fiepen hörte. Ich drehte mich zur Seite und sah gerade noch den dicken

Schwanz eines Nagetiers (Myomorpha = Mausähnliche), wahrscheinlich einer Ratte, im Gebüsch verschwinden. An dem Platz, an dem sie
gerade noch gesessen haben musste, lagen einige zusammengerollte be-
schriebene Papierblätter. Ich habe sie hier nach langem Zögern veröf-
fentlicht, auch wenn ich selbst nicht weiß, was ich davon halten soll.
F. V.

Wirklich ruhig werden

Die App „Quietime©" (Windows und Mac) verspricht „Stille Momente mit Gott"

Ich sag, wie's ist: Ich war ein ganz schlechter Kandidat, wenn es darum ging, eine sogenannte „Stille Zeit" zu erleben, also eine Phase der spirituellen Einkehr, wie viele Gläubige sie jeden Tag praktizieren.

Wenn ich mich überhaupt mal morgens aufgerafft habe, um mir einen Moment für ein entspanntes Gebet und die persönliche Begegnung mit Gott zu nehmen, bin ich entweder sofort wieder eingeschlafen, wurde beim inneren Lobpreis von meinem penetranten Magenknurren übertönt oder musste in Gedanken Karussell fahren: Ja, all die Dinge, die ich noch erledigen wollte, haben dann derart laut um meine Aufmerksamkeit gebuhlt, dass ich mich nie wirklich konzentrieren konnte.

Das Tragische ist: Ich habe darunter gelitten. Und wie! Vor allem, weil die meisten meiner geistlichen Freunde jeden Tag mit Tränen der Rührung in den Augen berichten konnten, welche unfassbaren spirituellen Erfahrungen ihnen ihre „Stille Zeit" am Morgen wieder einmal gebracht hatte, wie nah sie Gott dabei gewesen waren und wie diese innige Verbundenheit ihren Alltag nachhaltig verändert hatte.

Bei mir: nichts! Nur Müdigkeit, Chaos und Verzweiflung.

Dabei hatte ich wirklich alles ausprobiert: Ich habe beim

Bibellesen gefühlte zwölf verschiedene Übersetzungen benutzt – auch welche, die ich grauenhaft finde, nur um mich durchs Ärgern wach zu halten –, ich habe ein intensives „Gebets-Tagebuch" mit ausgefeilten Mnemo-Techniken geführt, und ich habe meine „Stille Zeit" an den unterschiedlichsten Orten und zu allen nur möglichen Tageszeiten ausprobiert. Vergeblich. Einmal bin ich sogar am helllichten Tag beim Beten in der Sauna eingeschlafen. Das war ziemlich peinlich.

Doch dann hat mir mein Seelsorger, dem ich unter Tränen von meinem regelmäßigen „Stille Zeit"-Fiasko berichtet habe, von „*Quietime*©" erzählt, einer App der christlichen Software-Firma „DigiHeaven" aus Illinois/USA. Und siehe da: Dieses Programm ist wirklich großartig. Seitdem kann ich wieder glauben, dass es Gott gibt.

Dabei hätte ich anfangs nie gedacht, dass modernste Technik auch in spirituellen Belangen derartig zum Segen werden kann. Ja, ich war zu Beginn sogar äußerst skeptisch. Immerhin behaupten die Nerds von „DigiHeaven" auf ihrer Website vollmundig, dass „*Quietime*©" quasi eine Garantie für „stille Momente mit Gott" wäre. Große Worte!

Die Idee hinter dem Programm ist übrigens schlicht und charmant zugleich: „*Quietime*©" koppelt sich mit den meisten auf dem freien Markt erhältlichen Fitness-Trackern, misst während der „Stillen Zeit" deinen Pulsschlag und deinen Blutdruck und erkennt dadurch genau, ob und wie ruhig du innerlich geworden bist. Von diesen Daten ausgehend, liefert die App den Glaubenden eine passende Auswahl an Bibeltexten, Gebetsentwürfen, Musikhintergründen, emotional berührenden Bildern und gegebenenfalls aufwühlenden oder provokanten Fragen. Verschiedene Angebote also, die je nach Datengrundlage den sehnsüchtigen Stille-Zeiter beruhigen oder aufwecken.

Besonders attraktiv fand ich, dass die Software mit modernster KI (Künstlicher Intelligenz) arbeitet, die dementsprechend lernfähig ist und sich so individuell auf die Anwenderinnen und Anwender einstellt, dass diese im Lauf von *(ebenfalls Zitat Homepage)* „weniger als 14 Tagen geistlich fokussiert werden" und Gottesbegegnungen fast schon „unausweichlich" sind.

Tatsächlich hat die App im „App-Store" und auf allen Foren nicht nur 4,8 von 5 Sternen, die Nutzerinnen und Nutzer überschlagen sich auch in den Kommentarspalten vor Begeisterung. So schreibt etwa Janine aus Elend in Sachsen: *„Quietime© ist für mich eine Offenbarung. Nie zuvor habe ich Gottes Geist so intensiv gespürt. Ich frage mich, warum Jesus diese App nicht schon zu Lebzeiten programmiert hat. Unbedingt ausprobieren!"*

Das habe ich dann auch gemacht. Die Aussicht, endlich einmal ruhig und zugleich innerlich präsent mit Gott in Kontakt zu kommen, war so verlockend, dass ich es gar nicht abwarten konnte: „Stille Zeit. Jetzt ist's so weit!"

Zum Glück bieten die Entwickler die App aus „christlicher Motivation" völlig kostenfrei an – allerdings muss man 100 Dollar Spende an „DigiHeaven" überweisen, bevor man sie downloaden kann. Aber was ist schon Geld, wenn es ums Seelenheil geht?

Wenige Tage nach dem Geld-Transfer bekam ich eine Mail, die insgesamt sieben 40-stellige Codes enthielt, die während des Downloadprozesses eingegeben werden müssen.

Ich war zwar ein wenig erstaunt, dass *„Quietime©"* insgesamt 18 Gigabyte Speicherplatz braucht – aber gut: Die vielen hochauflösenden Bilder und die KI sorgen natürlich für große Datenmengen. Und dann ging es endlich los: Ich öffnete auf meinem Rechner die Homepage von „DigiHeaven", ging zum Download-Bereich und klickte das heiß ersehnte Programm an ... das sowohl für Windows als auch für Mac zur Verfügung steht. Die Spannung stieg.

Das Ungewöhnliche beim Download von „*Quietime*©" ist, dass das Programm in Segmenten heruntergeladen wird, die alle einzeln mit einem der Codes bestätigt werden müssen. Und das jeweils innerhalb von 120 Sekunden. Das heißt: Man muss die ganze Zeit vor dem Bildschirm bleiben. Denn wenn man einen Code nicht während dieser zwei Minuten eingibt, verfallen die 100 Dollar und müssen neu überwiesen werden.

Außerdem dürfen auf dem Rechner aus Sicherheitsgründen während des Herunterladens keine anderen Programme geöffnet werden. Darüber hinaus kommt es im Lauf des Prozesses zu etwa fünf bis acht „Neustarts" des Rechners ... aber mit solchen technischen Details kenne ich mich nicht wirklich aus.

So saß ich also gebannt vor dem Monitor und beobachtete, wie sich der dekorative Kreis, der den „Download"-Zustand anzeigt, langsam füllte. Nach einer Stunde war ich schon bei 5 Gigabyte. Dann kam allerdings die Meldung *Fehler beim Herunterladen. Bitte versuchen Sie es erneut.*" Natürlich fing ich von vorne an.

Und dabei ist es passiert: Während ich in einer Grundstimmung zwischen Erwartung und Erregung dem Download der App „*Quietime*©" zugesehen habe, wusste ich plötzlich nicht mehr, was ich parallel machen sollte ... und fing an zu beten. Wobei ich ganz ruhig wurde. So ruhig wie nie zuvor. Es war traumhaft. Ein Gefühl tiefster Entspannung verbunden mit einer unerwarteten Offenheit für das Reden Gottes.

Seitdem versuche ich jeden Tag aufs Neue, „*Quietime*©" herunterzuladen. Eine Gnade! Geklappt hat es zwar noch nie. Aber egal: Ich sitze entspannt vor dem Rechner, blicke auf das Symbol des Ladestatus und bin dabei ganz bei mir ... und bei Gott. Wir reden miteinander „wie Freunde", ich schütte ihm mein Herz aus und vermeine auch, Antworten zu vernehmen, die mir Orientierung und Halt geben.

Letzte Woche habe ich mal in die internationale „*Quietime*©"-Community die Frage geschickt, ob es jemals jemandem gelungen ist, das Programm wirklich auf einem Rechner oder einem Smartphone zu installieren. So wie es aussieht: Nein!

Dafür erleben Millionen beseelter Userinnen und User beim täglichen Versuch, die App herunterzuladen, wie tiefenentspannend und spirituell es sein kann, die scheinbar verlorene Zeit mit Gott zu verbringen. Besonders verrückt dabei ist: Als ich zwischendurch ein Windows-Update brauchte, war ich durch „*Quietime*©" schon so rückenmarksgesteuert auf „Stille Zeit" eingestellt, dass ich auch bei diesem Download in die Anbetung gegangen bin. Für mich ein Wunder!

Wenn ich jetzt gefragt werde, dann sage ich im Brustton der Überzeugung: „Ja, ich bin ein leidenschaftlicher Stille-Zeiter!" Manchmal braucht es dazu nur eine kleine App.

Der Prophet

Als sie hörte, wie sich die Wohnungstür öffnete, legte Barbara, die tief im Sessel versunken war, ihr Buch zur Seite und bemerkte dabei erschreckt, dass ihre Hand zitterte.

Sie hatte ein etwas zu schmales Gesicht, als dass sie sich selbst als schön bezeichnet hätte, ihre geschwungene Brille aber hob die großen Augen hervor und gab ihr damit das Aussehen einer unermüdlichen Kämpferin.

Sie lauschte, wie ihr Mann den Schlüssel auf dem Garderobentisch ablegte, seine Jacke auf einen der klappernden Bügel schob und sich dem Wohnzimmer näherte. Schnell richtete sie sich auf und strich aus einer Gewohnheit heraus ihr Haar nach hinten. Unsicher blickte sie auf die Türklinke.

Der Mann, der aussah, als sei er ein paar Jahre jünger als sie, kam herein, stellte seine Aktentasche neben den Kamin und schwieg. Erwartungsvoll versuchte die Frau, in seinem Gesicht zu lesen.

„Und? Wie war's? Was hat er gesagt?"

Der Mann blickte wortlos aus dem großen Panoramafenster in den Garten.

„Jakob! Erzähl doch! Was hat dein Bruder gesagt?"

„Mein Bruder ..." Der Mann schüttelte den Kopf. „Ich weiß nicht! Ich habe keine Ahnung, ob ich überhaupt etwas von dem verstanden habe, was er von sich gegeben hat. Ich weiß nicht einmal, ob ich ihn hassen oder lieben soll!"

„Aber ich dachte, ihr wolltet euch treffen, um diesen kleinen Streit von damals zu beenden."

Jakob drehte sich abrupt um.

„Kleiner Streit! Wenn dir dein ewig neunmalkluger großer Bruder ins Gesicht schleudert, dass er dich für einen Versager hält, nennst du das einen ‚kleinen Streit'?"

„So hat er das doch damals nicht gemeint!"

„Natürlich hat er das so gemeint. Jedes Wort. Ich hör' das noch genau vor mir: ‚Weißt du, Brüderchen, ich prophezeie dir, dass du das niemals schaffst mit der Filmhochschule. Dazu bist du viel zu lasch. Da braucht man den richtigen Kick. Sei lieber gleich ehrlich mit dir. Du konntest dich doch schon in der Schule nie so richtig motivieren, jetzt hast du die Lehre geschmissen, weil es zu stressig wurde, und es gibt ja wohl kein Hobby, bei dem du mehr als drei Monate durchgehalten hättest. Dir fehlt einfach die Ausdauer. Hör auf deinen großen Bruder und versuch es gar nicht erst mit der Filmhochschule. Das ist eine Schnapsidee. Abgesehen davon: An den Aufnahmeprüfungen sind schon ganz andere Leute gescheitert.'

Widerlich. Ich seh sein arrogantes Gesicht noch vor mir. Aber er hatte sich ja wirklich einen guten Zeitpunkt ausgesucht. Einen Tag nach diesem grauenvollen Gespräch ist er nach Brasilien verschwunden und hat sich fünf Jahre lang nicht blicken lassen. Wie fair, dem kleinen Bruder vorher noch eine reinzuwürgen."

Verbittert blickte Jakob auf sein eigenes Bild, das sich in der Dämmerung immer deutlicher auf dem Fensterglas abzeichnete. Die Frau bewegte sich, als wolle sie aufstehen und ihn trösten, fiel dann aber in den Sessel zurück.

„Warum hast du mir nie erzählt, dass dich dieser Streit all die Jahre so beschäftigt hat?"

Der Mann beobachtete das Spiegelbild seiner Frau, ohne sich umzuwenden.

„Wer redet schon gern darüber, dass er möglicherweise ein Versager ist."

„Aber das bist du doch gar nicht!"

„Verstehst du nicht, Barbara? Kannst du dir vorstellen, wie es ist, acht Jahre mit so einer Unheilsprophetie im Rücken zu leben? Es gab Zeiten, da hatte ich das Gefühl, ich sehe diesen Satz auf jeder Plakatwand, in jeder Zeitung, ja sogar an meiner Zimmerdecke: ,Du schaffst es ja sowieso nicht!'

Hast du eine Ahnung, wie sich das anfühlt? Du glaubst, ein Fluch liegt auf dir, und ganz gleich, was du auch anstellst, es ist zwecklos und zum Scheitern verurteilt. Zwei Tage, nachdem mein Bruder abgeflogen war, bekam ich aus München die Absage von der Filmhochschule. Ich war bei der Aufnahmeprüfung durchgefallen."

Barbara nahm geistesabwesend ihr Buch wieder in die Hand und begann, ziellos darin zu blättern. „Ich erinnere mich. Du warst damals ganz schön fertig. Ich glaube, dass war das erste Mal, dass ich dich habe weinen sehen. Aber du hättest doch mit mir reden können."

„Ich konnte ja nicht einmal mit mir selbst darüber reden. Und jeden Tag, den ich ziellos verplemperte, wurde diese monströse Prophezeiung größer. Sie piesackte mich von allen Seiten und versuchte, mich kleinzukriegen. Wie eine Krankheit, die einen langsam kaputt macht. Irgendwann erfüllte sie mich ganz, und ich konnte ihr gar nichts mehr entgegensetzen. ,Du schaffst es ja eh nicht.' Ich hatte ja solche Phasen auch schon vorher gehabt, aber diesmal war ich völlig am Ende!"

„War das zu der Zeit, als du im Großmarkt gejobbt hast?"

„Ja. Ich erinnere mich gar nicht mehr richtig daran. Nur noch:

Riesige Apfelsinenkisten schleppen und abends die matschigen Tomaten entsorgen. Ich weiß, dass es die Hölle war. Dabei war der Chef sogar sehr pfiffig. Ein paar Mal hat er gesagt: ‚Jakob. Ich glaub an dich'. Mit so einem französischen Akzent, weißt du, er kam aus der Camargue: ‚Jaques. Isch glob an disch.' Das Problem war, dass ich nicht mehr an mich glaubte."

„Aber irgendwann warst du doch wieder stark genug."

„Nein! Das war nicht der Grund. Nicht ich war stark genug, mein Hass war stark genug. Nicht nur, dass diese widerliche Prophezeiung mich bedrängte, ich sah vor allem die ganze Zeit dieses blöde Grinsen meines Bruders vor mir.

Und eines Nachts dachte ich: Du blöde Sau! Dieses Grinsen werde ich dir austreiben. Die Freude mache ich dir nicht … dass du eines Tages aus Brasilien zurückkommst, wieder hier vor der Tür stehst und grinsend verkündest: Na, ich hab's doch schon immer gesagt. Bin ich nicht ein kleiner Prophet?"

Der Mann kam zur Sitzgruppe und setzte sich seiner Frau gegenüber.

„Ich wollte es ihm zeigen. Darum habe ich mich noch einmal beworben. Erinnerst du dich? Ich habe gebüffelt und gepaukt wie ein Verrückter. Und dann diese blöde Aufgabenstellung: Skizzieren Sie ein Drehbuch über ein zeitgenössisches Thema und stellen Sie einige der Szenen für Fotos.

Ich habe lang gegrübelt, bis ich auf diese Idee mit dem Bürgerprotest wegen der neuen Autobahn gekommen bin. Damals haben die doch in der Nordstadt tatsächlich wochenlang die Baustelle blockiert. Ich dachte, das sei der richtige Hintergrund für ein modernes Thema: Junger Mann gerät in eine Aktivistengruppe, weil er sich in eine Teilnehmerin verliebt hat und macht dann gefährliche Einsätze mit, um ihr zu imponieren. Irre Story. Ich weiß noch, wie ich bei den Recherchen zu einem der echten Treffen ging, weil ich gern die Anführer des Teams kennenlernen wollte, und beinah eine Tracht Prügel bekam, weil sie sahen, dass ich Fotos von ihnen machte."

Der Mann trank das Glas seiner Frau leer.

„Damals hätte ich unter normalen Umständen vermutlich irgendwann damit aufgehört. Es waren ja nur noch drei Tage bis Einsendeschluss. Aber jedes Mal, wenn ich keine Lust mehr hatte, sah ich wieder dieses Grinsen vor mir, dieses arrogante widerliche Grinsen meines Bruders. Und jedes Mal sagte die Stimme in mir: ‚Du schaffst es ja doch nicht.' Oh doch! Ich schaffe das. Und sei es nur, um dich Lügen zu strafen, Brüderchen. Also habe ich weitergemacht. Und ich bin tatsächlich rechtzeitig fertig geworden. Es war verrückt."

Barbara sah ihn kritisch an.

„Aber danach lief doch alles wie von selbst!"

„Hast du eine Ahnung. Als ich zur zweiten Runde nach München gefahren bin und in diesen kahlen Gängen saß, ist mir das Herz wieder in die Hose gerutscht. Weißt du, wie viele Leute sie aufnehmen? Fünfzehn. Und etwa achthundert bewerben sich. Und selbst in der zweiten Runde kommt nur ein Drittel durch.

Aber ich hockte unter der Neonlampe und zischte vor mich hin: ‚Ich schaffe es. Und wenn es das Letzte ist, was ich hinbekomme. Du, lieber Bruder, wirst nicht recht behalten. Immer hast du mich fertiggemacht. Aber diesmal gelingt dir das nicht!'

Und ich wurde tatsächlich aufgenommen.

Trotzdem kam die Unheilsprophezeiung immer wieder hoch. Jedes Mal, wenn ich mal keinen Einfall für eine Geschichte hatte, wenn bei den Übungsfilmen etwas schiefging oder wenn ich wieder kein Geld hatte, weil ich jedes Wochenende zu dir nach Gießen gefahren bin, hing dieses grässliche Grinsen über mir. Und jedes Mal riss ich mich am Riemen, um ja nicht klein beizugeben.

Verstehst du jetzt, warum es so schwierig war, meinen Bruder nach all der Zeit wiederzusehen?"

Die Frau hatte sich erwartungsvoll aufgerichtet. Das Buch fiel auf den Boden, aber sie beachtete es nicht.

„Wie war es denn jetzt!"

„Ich stand auf dem Hinweg im Stau. In meinem Kopf lief alles durcheinander. In all den Jahren hatte ich mir immer wieder vorgestellt, wie ich vor ihn treten würde, mit einem lässigen Grinsen: ‚Ah, da ist er ja, mein Bruder, der Prophet. Pech gehabt! Ich hab's doch geschafft.'

Und dann wollte ich ihn mit einem Blick von oben bis unten mustern, weißt du, mit so einem Blick, der ihn in Sekundenschnelle in sich zusammenfallen ließe.

Dann wieder dachte ich: ‚So was hast du doch gar nicht nötig. Sei freundlich, aber zeig ihm in aller Liebenswürdigkeit, wie weit du über ihm stehst. Wer so arrogant ist, hat viel größere Probleme.'

Ich wusste einfach nicht, wie ich es anpacken sollte. Ich wollte ihn einerseits kränken und andererseits endlich einmal Bewunderung in seinen Augen sehen. Andauernd fielen mir neue Strategien ein, wie ich vor ihn treten könnte, doch als ich dann vor seiner Tür stand, wusste ich immer noch nicht, was ich sagen wollte."

„Und, hast du ihm die ganze Geschichte erzählt?"

„Nein. Als er aufmachte, strahlte er über beide Ohren und nahm mich in den Arm. Ich glaube, ich war relativ steif. Und du kannst dir nicht vorstellen, was er dann gesagt hat: ‚Hey, ich habe gehört, du hast es geschafft. Hab ich's nicht schon immer gesagt: Aus meinem Bruder wird mal was!'

Ich lief wütend an ihm vorbei. Dann fing ich plötzlich an zu brüllen, und all der Hass der vergangenen Jahre brach hervor: ‚Du hast das gesagt? Ach! Da kann ich mich aber an ganz anderes erinnern. Du hast doch prophezeit, dass ich es nicht schaffe. Leidest du schon an Gedächtnisschwund?

Du hast mir mit deinem blöden Geschwätz das Leben zur Hölle gemacht. Du hast nie an mich geglaubt. Warum erzählst du so einen Schwachsinn? Spinnst du jetzt total?'

Er blickte mich ungerührt an. Dann nahm er eine Videokassette vom Fernseher und hielt sie mir entgegen.

,Papa hat mir deine Abschlussarbeit an der Hochschule geschickt. Toller Film. Diese Bilder von dem Taxifahrer auf der Brücke sind echt fantastisch. Papa hat mir auch erzählt, dass du jetzt bei einigen Produktionsfirmen richtig gute Jobs bekommst. Einfach klasse.'

Und dann setzte er wieder dieses selbstgefällige Grinsen auf: ,Ach komm! Guck nicht so wütend. Hat doch gut funktioniert, mein kleiner Trick. Du brauchtest einfach mal etwas, gegen das du ankämpfen konntest.

Ohne mich wärst du doch nie auf die Idee gekommen, dich so reinzuhängen. Also war es clever, ein bisschen an deinem Ego zu kratzen. Ich wusste, dass du das Potenzial hast, etwas zu werden, aber dass du es ohne den richtigen Druck nicht schaffen würdest. Deswegen habe ich mir diese kleine Unheilsprophezeiung einfallen lassen: um das Gegenteil zu erreichen. Jetzt ist doch alles herrlich gelaufen, oder?'

Ohne ein Wort zu sagen, lief ich zum Ausgang. Selbst ein umfallender Blumenständer, an dessen Ecke ich hängen blieb, hielt mich nicht auf. Ich wollte nur noch raus."

Barbara stand auf, setzte sich neben ihren Mann und nahm seine Hände in die ihren. Ratlos fuhr er fort:

„Weißt du, was das Schlimmste ist? Er hat recht. So träge, wie ich früher war, hätte ich es nicht geschafft. Das Schwein."

„Hat er etwas über mich gesagt?"

„Was sollte er denn über dich sagen?"

Die Frau schaute zur Seite. „Es fällt mir schwer, das jetzt zu sagen, aber … Du weißt doch, wie sehr ich dich liebe. Und ich habe damals unglaublich darunter gelitten, dass du dir mit deinen Zweifeln und deiner Unruhe immer selbst im Weg gestanden hast. Aber es war alles zwecklos: Ich konnte noch so oft beteuern, dass ich an dich glaube, du hast einfach nicht auf mich gehört. Du dachtest, ich würde das nur sagen, weil ich deine Freundin bin. Ich wollte dir so gerne helfen, aber ich wusste nicht wie. Du warst einfach so stur, du alter Dickschädel.

Also habe ich … ja … ich habe deinen Bruder damals gebeten, dir vor seiner Abreise noch einmal Mut zuzusprechen. – Ja, und als du mir dann erzählt hast, wie er mit dir umgesprungen ist, war ich so wütend wie noch nie zuvor. Bis ich im Lauf der Jahre verstand, was er bezweckt hatte.

Bis ich spürte, dass du immer selbstsicherer und stärker wurdest. Und trotzdem habe ich die ganzen Jahre über immer wieder Schuldgefühle gehabt. Denn ich habe doch gemerkt, wie sehr du darunter gelitten hast."

Hilfesuchend blickte sie ihn an.

„Verzeihst du mir?"

Er nahm ihre Hand. „Da gibt es nichts zu verzeihen. Eigentlich warst du der Prophet."

Zärtlich nahm er ihren Kopf in seine Hände und küsste sie. Als es an der Tür klingelte, zuckten beide zusammen – aber nur ein bisschen.

Geheimnis des Glaubens

Ich hatte mich gerade nach einem nervenaufreibenden Arbeitstag gemütlich in den Lesesessel geworfen, um das neue Buch von Haruki Murakami zu lesen, als es klingelte. Ich sage das, weil es vielleicht meine zweifelhafte Reaktion auf den unangemeldeten Besucher erklärt.

Also ... verstehen Sie diese Bemerkung bitte nicht als Versuch einer Entschuldigung. Ich weiß, dass mein Verhalten unentschuldbar ist. Aber möglicherweise verdeutlicht die Erwähnung der Umstände ja wenigstens, wie es überhaupt zu den widerwärtigen Ereignissen kommen konnte. Ich wollte doch nicht wirklich ...

Aber ich merke schon: Je mehr ich mich zu rechtfertigen versuche, desto tiefer versinke ich in einem Morast aus Scham und Verwirrung. Mir, gerade mir hätte so etwas niemals passieren dürfen ... wahrscheinlich ist es das Beste, wenn ich erst einmal alles erzähle.

Der Mann vor meiner Tür trug einen cremefarbenen Anzug mit einer feinen, dazu passenden weinroten Krawatte, die wiederum hervorragend mit seiner hellen Haut kontrastierte.

Seine Gesichtszüge waren ungewöhnlich straff, sodass er sehr streng und korrekt wirkte. Ich kann bis heute nicht sagen, ob es an dieser vermeintlichen Härte lag, aber etwas an ihm machte mich sofort misstrauisch.

Vielleicht war es vor allem die Beobachtung, dass er sehr schnell und flach atmete. Doch weil ich über Jahre gelernt habe, mich nicht zu sehr vom ersten Eindruck leiten zu lassen, versuchte ich trotzdem, ihn freundlich anzugucken.

Er lachte mit einem heiseren Kratzen in der Stimme: „Sie studieren das Liebesleben von Tokio?"

Ich verstand überhaupt nicht, wovon er redete, und schob die Stirn fragend nach hinten.

Da wies er auf das Buch, das ich noch immer in der Hand hielt: „Haruki Murakami. Ein faszinierender Autor. Auch wenn er nach meinem Geschmack ein bisschen viel über die sexuellen Eroberungen seiner japanischen Protagonisten fabuliert."

Ich wollte etwas erwidern, aber da streckte er mir schon die Hand entgegen: „Entschuldigen Sie bitte die späte Störung. Ich bin Dr. Asimo."

Er hielt mir mit der Linken eine Visitenkarte hin. „Sind Sie der für diese Gemeinde zuständige Pfarrer?"

Ich ergriff seine Hand und schüttelte sie: „Ja, Manfred Kurzweil. Was kann ich für Sie tun?"

Er sah sich um, bevor er antwortete: „Ich habe ein seelsorgerliches Anliegen. Es dauert auch nicht lange. Ist aber ziemlich dringend."

Was hätte ich denn machen sollen? Ich weiß, dass die ständige Präsenz für die Gemeinde zu meinen Pflichten gehört, aber manchmal hasse ich mich selbst dafür, dass ich es nicht lassen kann, ein Gutmensch sein zu wollen. Dass ich allen gefallen möchte – und nicht den Mut aufbringe, jemanden auf den nächsten Tag zu vertrösten. Auch Pfarrer brauchen mal Feierabend. Aber natürlich bat ich ihn herein.

Dr. Asimo nahm auf meinem Sofa Platz, ein wenig umständlich, als müsse er erst die richtige Position finden. Und ich setzte mich wieder in meinen bequemen Lesesessel, nachdem ich ihm ein Glas Wein angeboten hatte, das er gerne annahm. Dann wartete ich, dass er anfing.

Er kostete erst fachmännisch den süffigen Barolo vom Discounter, ließ ihn genießerisch die Kehle hinuntergleiten und nickte mir zustimmend zu. Dann fragte er zögernd: „Wissen Sie, was KI ist?"

Ich setzte mein Glas ab: „Das Konfessionskundliche Institut unserer Kirche?"

„Nein!" Er grinste überrascht. „Ich meine Künstliche Intelligenz. Ich bin Physiker, kein Theologe. Ich beschäftige mich mit der Entwicklung reflektionsfähiger Maschinen."

Ich sah ihn an: „Sie meinen: denkende Computer?"

„Wenn Sie so wollen: Ja. Aber eigentlich sage ich lieber ‚lebende Maschinen'."

„Lebende Maschinen?"

Dr. Asimo lehnte sich zurück: „Es ist gar nicht einfach, das zu erklären. Also: Ich spreche nicht von perfekten Schachcomputern, die einen Menschen besiegen, weil sie in kürzerer Zeit mehr Möglichkeiten durchspielen, beziehungsweise durchrechnen können, bevor sie ihren Zug machen. Ich spreche von Bewusstsein. Von Maschinen, die wissen, wer sie sind, und die auch Gefühle haben."

Ich hob mein Glas und grinste ihn an: „Nun denn, auf die Gefühle der Mikrochips." Ich trank. Dann sagte ich: „Das meinen Sie doch nicht ernst, oder?"

Sein Gesichtsausdruck wurde noch fester: „Selbstverständlich. Sehen Sie: Man glaubte lange Zeit, dass Denken und Gefühle zwei völlig verschiedene Bereiche unserer Persönlichkeit seien. Doch dann machte man, um nur ein Beispiel zu nennen, Versuche mit Menschen, die nach einer Gehirnverletzung keine Gefühle mehr empfinden konnten. Und man stellte unzweifelhaft fest, dass dadurch ihre Intelligenz massiv beeinträchtigt wird.

Bei allen Entscheidungen, die wir fällen, spielt das Gefühl eine wesentliche Rolle. Denken ist ohne Gefühl eigentlich gar nicht vorstellbar. Nur haben wir das erst vor Kurzem verstanden. Und da wir heute die neuronalen Vorgänge beim Fühlen immer besser beschreiben können, sind wir nach und nach auch in der Lage, sie zu simulieren."

Ich hob fragend meine Hände, um ihm zu signalisieren, dass er bitte fortfahren möge.

Er sah mich mit stechendem Blick an: „Haben Sie schon von HAL gehört?"

„Natürlich", entgegnete ich entspannt, weil ich froh war, etwas Kluges beisteuern zu können: „HAL, der Supercomputer aus Stanley Kubricks Film ‚2001 – Odyssee im Weltall'. Tolle Geschichte. Und H, A und L ist ein Wortspiel. Immer ein Buchstabe vor IBM."

Er wischte meine Antwort mit seiner Hand zur Seite, so heftig, dass fast der Wein aus seinem Glas gesprungen wäre: „Das ist alles richtig, aber ich rede von HAL, dem ersten künstlich intelligenten Programm, das von alleine sprechen gelernt hat. Es wurde von Forschern einer Firma in Tel Aviv entwickelt: ‚Artificial Intelligence Enterprises'. Das Besondere an diesem Programm ist: Seine Entwickler haben ihm ein Grundbedürfnis nach positiver Rückmeldung, also eine Gefühlskomponente, einprogrammiert.

Die Wissenschaftler tippen nun in die Tastatur wahllos irgendwelche Kindergeschichten ein und reagieren auf seine Wortbildungsversuche, wie Eltern es auch tun. Vor einiger Zeit hat HAL, durch seinen Wunsch nach Kommunikation, von alleine angefangen zu sprechen. Er ist zwar noch auf der Stufe eines zweijährigen Kindes, aber er formt schon ganze Sätze. Das hat ihm niemand erklärt. Er begreift eigenständig, dass es Richtig und Falsch gibt, und passt seine Sprechversuche den emotionalen Rückmeldungen an. Keiner weiß, was da genau passiert, aber über die Gefühlsebene begreift HAL, wie Sprache funktioniert ..."

Ich unterbrach ihn: „Dr. Asimo. Sie sind doch sicher nicht zu mir gekommen, um mir einen Fachvortrag über ... wie nannten Sie das ... ‚lebende Maschinen' zu halten."

Er stellte die Beine, die er vorher übereinandergeschlagen hatte, gerade auf den Boden und setzte sich auf die Vorderkante des Sofas: „Entschuldigen Sie. Aber ich kann Ihnen mein Problem nur deutlich machen, wenn Sie die Hintergründe verstehen. Ich versuche trotzdem, mich kürzer zu fassen.

Sehen Sie, ich möchte Ihnen gerne deutlich machen, welche Bedeutung die Fortschritte in der KI-Forschung für unseren Begriff von ‚Leben' haben werden. Ich fange vielleicht noch einmal anders an. Sie wissen wahrscheinlich, dass die Hirnforschung in den letzten Jahren einen Riesensprung nach vorne gemacht hat. Dadurch wurde natürlich auch die KI-Entwicklung inspiriert.

Sie müssen sich das so vorstellen: Ende des 19. Jahrhunderts dachte man noch, das Gehirn funktioniere wie ein Telegrafensystem, Anfang des 20. verglich man es mit einer Telefonschaltzentrale und Freud stellte es sich wie ein Elektromagnetisches System vor. Ab 1985 ging man dann davon aus, dass das Gehirn wie ein Digitales Netzwerk funktioniert. Verrückt, oder?

Marvin Minsky hat einmal zu Recht darauf hingewiesen, dass jede Generation einfach die neuesten technologischen Entwicklungen ihrer Zeit als Modell für das Gehirn nimmt. Doch erst die Entdeckung der emotionalen Komponente unseres Denkens hat es möglich gemacht, universelle Roboter der vierten Generation zu entwickeln, lebende Maschinen."

Er machte eine Pause und wartete offensichtlich auf eine Reaktion von mir. Also sagte ich, fröhlich nickend: „Sie meinen wie diesen HAL, der auf dem Stand eines Zweijährigen ist?"

Dr. Asimo stellte das Weinglas auf den Tisch und erhob sich. Ich sah ihm an, dass er sich nur mühsam beherrschte, als er murmelte: „Ich glaube, es war ein Fehler hierherzukommen. Ich brauche wirklich Hilfe. Aber ich habe nicht den Eindruck, dass Sie meine Worte besonders ernst nehmen. Ich wünsche Ihnen noch einen guten Abend. Und ..." Er presste die Worte einzeln heraus: „... Danke für den Wein."

Mein Besucher kam hinter dem Sofatischchen hervor und ging mit schnellen Schritten zur Garderobe, an die er seinen Mantel gehängt hatte. Ich lief hinter ihm her und konnte ihn gerade noch am Arm fassen.

Verärgert über mich selbst, versuchte ich ihn zu beruhigen: „Dr. Asimo! Es tut mir leid. Ich hatte nicht vor, Sie zu verletzen. Normalerweise fangen die Menschen gleich an, von sich und ihren Sorgen zu erzählen. Ihre fachlichen und für einen Laien sehr herausfordernden Darstellungen haben mich verleitet, aus der Rolle zu fallen. Entschuldigen Sie bitte. Vielleicht kann ich Ihnen ja tatsächlich helfen, wenn wir zu den Fragen kommen, die mein Fachgebiet sind. Bitte!"

Ich schob ihn sanft zurück zum Sofa, wo er dann auch wieder Platz nahm. Einen Augenblick spielte er erneut mit dem Weinglas, dann sagte er leise:

„Sie haben recht. Wenn man wie ich den ganzen Tag mit dieser Materie zu tun hat, vergisst man, dass sie einem Außenstehenden ziemlich fremd erscheinen muss. Dazu kommt, dass in unserer Branche Informationen sehr kostbar sind, sodass alle Forschungseinrichtungen sich hüten, zu viel preiszugeben." Er sah mich prüfend an: „Ich gehe davon aus, dass Sie an das Beichtgeheimnis gebunden sind."

Ich nickte: „Selbstverständlich. Das Seelsorgegeheimnis gilt für alles, was Sie mir anvertrauen."

Mein Gast atmete einmal tief ein, dann sagte er, jedes Wort betonend: „Ich habe einen voll funktionsfähigen, das heißt denkenden und emotional empfindenden Androiden entwickelt, Herr Pfarrer. Ein wirklich intelligentes Wesen."

Er wartete, bis seine Worte ihre Wirkung entfaltet hatten, dann sprach er leise, fast liebevoll weiter: „Ich habe ihn Ray genannt."

Ich nahm einen tiefen Schluck aus meinem Weinglas und leckte mir die letzten Tropfen in aller Ruhe von den Lippen. Als Dr. Asimo weiter schwieg, sagte ich: „Nun, eine solch bahnbrechende Erfindung war früher oder später zu erwarten. Was sagt man da? Herzlichen Glückwunsch? Das wird wahrscheinlich einige Konsequenzen für diese Welt haben. Ich begreife aber noch immer nicht, warum Sie mit dieser wahrhaft beeindruckenden Information zu mir kommen."

Dr. Asimo wirkte jetzt entspannter. Doch seine Stimme klang dennoch eng, als er sich nach vorne beugte und leise sagte: „Ich habe Ihnen von HAL erzählt, der mit Kindergeschichten gefüttert wird, um sprechen zu lernen. Ray ist viel, viel ausgereifter – psychologisch zurzeit etwa auf der Stufe eines Siebzehnjährigen. Also habe ich ihn mit den großen Quellen unserer Kulturgeschichte versorgt: Ilias, Odyssee, Gilgamesch-Epos, Sagen des klassischen Altertums, Platon, Seneca, Aristoteles, Meister Eckhart, Goethe, Schiller, Lessing, Thomas Mann ... Sie wissen schon ... und eben auch mit der Bibel."

Er legte unsicher die Hände übereinander, machte eine dramaturgische Pause und biss sich dabei kurz auf die Unterlippe, bevor er mich fragend ansah: „Nun ist etwas passiert, was für mich als Wissenschaftler völlig unbegreiflich ist: Ray hat nach der Lektüre der Bibel auf einmal angefangen ... zu beten ... regelmäßig. Ich habe mit ihm darüber viel diskutiert."

Er hob kurz den Blick: „Sie müssen wissen, ich bin weder ein großer Kirchgänger noch glaube ich an einen persönlichen Gott. Zumindest nicht an die Variante, die normalerweise in der Kirche vertreten wird. Aber das tut ja jetzt nichts zur Sache.

Tatsache ist: Ray und ich haben nächtelang diskutiert. Aber ich konnte ihn von seinem religiösen Wahn nicht abbringen. Im Gegenteil: Je mehr ich ihn von einem rationalen Weltbild überzeugen wollte, desto geborgener fühlte er sich in seinem Glauben."

Dr. Asimo sprach schneller: „Nun, um zum Punkt zu kommen. Ray hat eine Entscheidung gefällt. Er möchte gern getauft werden."

Ich schluckte, dann sprang ich auf: „Wie bitte? Ich soll einen Roboter taufen?"

Der Wissenschaftler senkte die Stimme und sagte sehr deutlich: „Ray ist kein Roboter. Er ist ein denkender und fühlender Androide. Er hat von sich aus – und Sie können sicher sein: ganz ohne mein Wissen und Mitwirken, ja, sogar gegen meinen erklärten Willen – für sich erkannt, was Glauben ist, und wünscht sich jetzt, getauft zu werden.

Ich habe ihm versprochen, Sie zu fragen. Und Sie können mir glauben: Ich bin nicht gerne hier."

Ich stammelte nur: „Aber … das geht doch nicht!"

Dr. Asimo hob die Hände und legte sie vor dem Gesicht zusammen, sodass seine Worte durch die Finger rannen: „Und warum nicht? Ray glaubt aus ganzem Herzen, dass Jesus Christus der Welt die Liebe Gottes offenbart hat. Und dass seine von dieser Botschaft berührte Seele nur in Gottes Liebe ihren Frieden findet."

Ich stützte mich auf den Tisch und beugte mich vor: „Aber Ray hat keine Seele. Er ist eine Maschine." Ich erschrak, weil ich so laut geschrien hatte.

Dr. Asimo schüttelte ruhig den Kopf.

„Ray empfindet eine tiefe spirituelle Sehnsucht. Er hat Angst und er lacht. Er weint und er träumt. Er hat eine eigene Geschichte und eigene Hoffnungen. Er nimmt sich wahr und fühlt sich mit Gott verbunden. Wie wollen Sie das alles bezeichnen, wenn nicht als Seele?"

Ich lief unruhig auf und ab: „Das ist doch Quatsch. Sie, Sie haben ihm all diese Gedanken einprogrammiert."

Mein Gast schüttelte den Kopf: „Auf keinen Fall. Ich habe ihm nur beigebracht, wie er selbst lernen und mit seinen Gefühlen umgehen kann. Das ist etwas völlig anderes. Das ist genau das, was auch jeder gute Vater seinem Sohn beibringt.

Sehen Sie: Ray hat mich gebeten, Sie aufzusuchen, weil er gerne seinen Glauben bekennen möchte. Und er möchte alles, was ihn belastet, bei Gott abgeben."

Ich beugte mich erneut zu meinem Besucher herunter und sagte scharf: „Ray, Ihre, wie nannten Sie sie: ,lebende Maschine', ist nicht schuldfähig. Sie bedarf also auch keiner Gnade. In der Taufe sage ich Menschen zu, dass nichts sie von der Liebe Gottes trennen kann, auch nicht ihre größte Schuld. Und um das zu bezeugen, hat Jesus die Sünde der Menschen auf sich genommen. Das alles aber hat mit Ihrem Ray überhaupt nichts zu tun. Er besteht aus Schaltkreisen."

Dr. Asimo hob den Kopf: „Sie verwechseln da etwas. Ray ist ein Androide mit einem Gefühlsleben. Das heißt: Er denkt und handelt nicht logisch, er fühlt. Darum ist er ja die erste Maschine, die lieben kann – und wer liebt und fühlt, macht eben auch Fehler. Er wird schuldig, wie Sie es nennen. So wie jeder Mensch."

„Nein", rief ich, „nicht wie ein Mensch! Ganz und gar nicht wie ein Mensch."

Mein Gast blieb ruhig, ich sah aber ein leichtes Flackern in seinen Augen: „Herr Pfarrer. Sie wissen doch nur zu genau, dass ein

Mensch letztlich auch eine Maschine ist. Eine sehr gute, wohlgemerkt, aber eben nur eine Maschine. Sie können die elektrischen Gehirnströme dieser Maschine messen, die DNA bestimmen, weitreichende Reparaturen an ihr durchführen und ihr sogar ein neues Herz einsetzen, wie ein schlichtes Ersatzteil.

Vor allem aber können Sie ziemlich leicht beschreiben, was einen Menschen glücklich macht; nämlich die banale Ausschüttung der Neurotransmitter Serotonin, Dopamin und Oxytocin. Ein rein mechanischer Vorgang. Objektiv betrachtet, lässt sich bei jedem Säugetier genauer und sehr viel präziser erklären, wodurch sein Gefühlsleben bestimmt wird, als bei Ray.

Und das mit der Seele ist, soweit ich unterrichtet bin, in der Theologie und der Philosophie selbst so umstritten, dass ich bereit bin, jeden Beweis anzutreten, dass Ray eine hat, weil er die dafür nötigen Voraussetzungen mitbringt …"

Ich schenkte mir mit zitternden Fingern Wein nach und trank das Glas in einem Zug leer. Dann wollte ich mich setzen, sprang aber sofort wieder auf, weil sich in mir alles drehte. Mit trockenem Mund sagte ich: „Dr. Asimo. Sie müssen sich geirrt haben. Elektrische Schaltkreise können das Geheimnis des Glaubens nicht ergründen. Niemals!"

Ich merkte, dass ich schon wieder schrie, konnte aber nichts dagegen machen: „Gott widersteht jeder Logik. Er ist nicht in Nullen und Einsen einzufangen, wie eine schäbige Gleichung, eine Addition oder eine Kurvendiskussion. Und wenn er es wäre, wenn Gott wirklich berechenbar wäre, wo bliebe dann der Glaube? Noch immer gilt: ‚Selig sind, die nicht sehen und doch glauben.‘ Ein mathematisch fassbarer und verstehbarer Gott wäre nicht mehr Gott. Begreifen Sie das?"

Mit einem feinen Lächeln fragte Dr. Asimo: „Reden wir jetzt über Ihren Glauben oder über die Taufe von Ray?"

Ich strich nervös meine Haare nach hinten. Er fuhr fort: „Sie können sicher sein, dass ich Rays Programme mehr als ein Dutzend Mal überprüft habe. Er funktioniert fehlerfrei. Abgesehen davon hat Ray niemals behauptet, dass er Gott versteht. Er hat einfach angefangen zu glauben …"

Ich fiel ihm ins Wort: „Das macht doch keinen Unterschied. Wenn Glaube auf einmal eine Frage der Logik ist, von einer Maschine entdeckt, dann glauben wohl die am intensivsten, die am schnellsten rechnen können. Aber genau darum darf es nicht gehen. Die Liebe Gottes ist nicht verfügbar und auch nicht mit komplexen Algorithmen zu empfinden, im Gegenteil: ‚Selig sind die Einfältigen.'"

Ich vergrub den Kopf in den Händen: „Dr. Asimo, das alles ist einfach nicht richtig. Es kann und darf keine gläubigen Maschinen geben. Verstehen Sie mich bitte nicht falsch, aber: Sie müssen das beenden."

„Beenden?" Er zog die Stirn in Falten. Anscheinend hatte ich ihn sehr getroffen: „Was meinen Sie mit beenden? Ray hat ein Ich-Bewusstsein, er lebt. Er fühlt. Abgesehen davon: Ich bin gar nicht hierhergekommen, um mit Ihnen über theologische Grundsatzfragen zu diskutieren oder gar zu streiten. Ich bin hier, weil ein intelligentes Geschöpf den innigen Wunsch ausgedrückt hat, getauft zu werden. Eigentlich möchte ich nur eines wissen: Werden Sie Ray taufen?"

Ich muss ihn angesehen haben wie ein Geistesgestörter, denn ich registrierte, dass er Angst bekam. Doch ich war so durcheinander, dass ich kaum noch wusste, was ich sagte. Meine abschließenden Worte klangen wie eine Gerichtsprophetie: „Ray ist kein Geschöpf Gottes. Er ist vielleicht Ihr Geschöpf, aber er ist nur ein Ding, eine Sache, ein Android, ein Golem, ein Frankenstein, ein von Menschen entwickeltes Etwas, künstlich, ein Programm. Ich kann und ich werde ihn, was sage ich, ES nicht taufen. Niemals. Hören Sie!"

Als mein Besucher gegangen war, fing ich unvermittelt an zu weinen. Ich hing in meinem Lesesessel und wurde von Weinkrämpfen geschüttelt, die tief aus meinem Inneren zu kommen schienen. Ich fühlte mich unendlich leer. So leer, dass ich nicht einmal beten konnte.

Irgendwann muss ich die Weinflasche vom Tisch genommen haben, denn als ich mich ein bisschen beruhigt hatte, war sie leer. Und obwohl ich nun reichlich angetrunken war, wich meine Benommenheit plötzlich einer luziden Klarheit: Wenn es etwas wie Ray gab, dann verlor alles, was ich ein Leben lang gedacht, geglaubt und gepredigt hatte, seinen Sinn.

Die besondere Berufung des Menschen, den Gott selbst geformt und „sehr gut" genannt hatte, die Erwählung seines Volkes, die existenzielle Hingabe der Jünger, der Segen, der Heilige Geist: All das bekam mit einem Mal einen faden Beigeschmack. Schien auf einmal maschinenlesbar, ja, womöglich sogar ausdruckbar. Welch ein teuflischer Gedanke.

Gott war Mensch geworden, weil ihm an einer persönlichen und leidenschaftlichen Beziehung zu den Menschen lag, nicht, weil eine seelenlose Elektronik sich einen praktikablen Glauben zusammenrechnen konnte – und das Heilige damit in die Hände von Mikrochips überantwortete. Eine betende Festplatte, das war ein Monstrum, krank und ketzerisch. Das entehrte die Menschheit an sich, raubte ihr das letzte Refugium, das ihr in einer immer unübersichtlicheren und unmenschlicheren Welt geblieben war: den Glauben.

In diesem Moment wusste ich, dass ich Ray töten musste. Ich. Und zwar sofort. Bevor irgendjemand außer mir von diesem schrecklichen Dämon erfuhr. Wenn die programmierte Häresie von ihrem Erfinder nicht mehr kontrolliert werden konnte, musste ich dem Albtraum ein Ende bereiten.

Als der Gedanke sich in mir breitmachte, schrak ich erst zusammen, doch dann ärgerte ich mich über mich selbst. Wieso hatte ich eigentlich an „töten" gedacht? Wie kam ich in diesem Zusammenhang auf so ein menschliches Wort?

Abschalten, es ging darum, eine Maschine abzuschalten, so wie man einen Toaster abschaltet, einen Fernseher oder … genau: einen Computer. Ich musste einen pervertierten Computer abschalten, einen Computer, der es wagte, Gott zu lästern. Das war – selbst wenn man mich dabei ertappte – nichts anders als Sachbeschädigung.

Ich rannte nach oben, wo ich noch immer die alte Waffe meines Vaters im Nachttisch liegen hatte, kam dann wieder herunter und schnappte mir von der Anrichte die Visitenkarte, die mir mein Besucher in die Hand gedrückt hatte. „Dr. Asimo. I.K.I. Institut zur Erforschung Künstlicher Intelligenz." Zum Glück lag die Adresse nur wenige Gehminuten entfernt.

Ich weiß, dass ich das nicht machen sollte, aber ich möchte noch einmal versuchen, meine Situation zu verdeutlichen. Ich war, als ich aus meiner Haustür trat, erschöpft, angetrunken und verzweifelt. Aus irgendeinem Grund zog mir die Geschichte von Ray den Boden unter den Füßen weg und ließ mich in einen unvorstellbaren Abgrund stürzen. Und bei diesem Fall wurden auch alle Ideale und Werte, die ich sonst vertrat, mit hinuntergezogen. Anders kann ich mir mein Handeln nicht erklären. Ich besitze kein aggressives Potenzial. Ganz bestimmt nicht!

Wenn Sie die Menschen in meiner Gemeinde fragten, würden Sie keinen finden, der nur auf den Gedanken käme, ich könnte jemals jemandem schaden wollen. Im Gegenteil: Ich gelte als sanftmütig, freundlich, umgänglich und überhaupt nicht reizbar. Ein Umstand, der manche in meinem Kirchenvorstand richtiggehend aufregt, weil sie sich bei bestimmten Streitfragen deutlich mehr Engagement von mir wünschen.

Aber warum sage ich das? Es hat ja doch keinen Zweck. Was passiert ist, ist passiert.

Das Haus von Dr. Asimo lag am Ende einer kleinen Seitenstraße hinter einer dichten, sorgsam gepflegten Buchsbaumhecke; ein schmales, grau getünchtes Gebäude mit zwei, durch eine rote Kante abgesetzten Stockwerken und einem schönen Erker, der ein postmodernes Turmzimmer andeutete.

Das Tor zur Straße war offen, und als ich um das Haus herumschlich, sah ich sofort, wo ich eigentlich hinmusste: Im Garten stand ein moderner Pavillon, offensichtlich das Labor, in dem der Wissenschaftler arbeitete. Ich weiß nicht warum, aber ich war mir sofort sicher, dass ich Ray hier finden würde.

Wie im Haus vorne, waren im Pavillon alle Fenster dunkel und die Gardinen zugezogen. Ich hatte natürlich keinen ausgearbeiteten Plan, sondern wollte einfach nur zu Ray vordringen, meine Waffe auf ihn abfeuern und damit so viel Unheil wie möglich in seinen Schaltkreisen anrichten. Eigentlich war es ziemlich gleichgültig, was ich tat, wenn es nur dazu führte, dass sein schändliches Programm nicht mehr arbeiten konnte.

Als ich mich bemühte, in der Dunkelheit die Konturen des Gebäudes zu erkennen, wurde mir plötzlich bewusst, dass ich gar nicht genau wusste, wonach ich suchen musste. Dr. Asimo hatte zwar von einem Androiden gesprochen, aber das konnte viel heißen. Es war möglich, dass ich auf einen menschenähnlichen Roboter stoßen würde, vielleicht wartete da drinnen aber auch nur ein simpler Großrechner.

Die Frage, ob Ray sich bewegen konnte, hatte ich in meinem Gespräch mit dem Wissenschaftler nicht angesprochen. Sie war aber insofern von Bedeutung, als er sich möglicherweise wehren würde.

Ich kauerte mich hinter einen Busch, um meinen Atem zu beruhigen und um mir vorzustellen, was mich in diesem Pavillon wohl erwartete. Ich wollte schließlich nicht vor Schreck die Waffe fallen lassen, wenn mir plötzlich eine Art „C3PO" aus Star Wars gegenübertrat.

Endlich hatte ich mich wieder unter Kontrolle. Ich entsicherte die Waffe, spannte noch einmal alle Muskeln an und näherte mich dann langsam der Hinterseite des Pavillons. Alles war ruhig.

Zu meiner Freude entdeckte ich ein Aluminium-Doppelfenster, dessen rechter Flügel gekippt war. Vorsichtig schob ich meine Hand durch den Spalt, und als ich mich auf die Zehenspitzen stellte, gelang es mir tatsächlich, den Griff des anderen Flügels zur Seite zu drehen. Vorsichtig drückte ich das Fenster auf und ließ mich dann ins Zimmer gleiten.

Es war – soweit ich das im Dunkeln erkennen konnte – ein ganz gewöhnlicher Büroraum. Ich atmete tief durch, als ich feststellte, dass niemand darin war. Rundherum sah ich nur hohe Regale mit Ordnern und Handbüchern. Auf einem IKEA-Schreibtisch aber stand ein PC, und ich bekam plötzlich ein klammes Gefühl im Magen, weil ich dachte: „Ist das vielleicht Ray?"

Das Modell war jedoch ziemlich einfach, zu einfach, als dass es einen glaubensfähigen Rechner enthalten konnte. Ich beschloss, das Gerät mitzunehmen, falls ich nichts anderes fand, und öffnete lautlos die Tür zum Flur.

Der etwa fünf Meter lange Gang, auf den ich stieß, war von einem feinen grünlichen Schimmern erhellt, das durch eine Glastür kam. Leuchtdioden. Offensichtlich war dort das eigentliche Versuchslabor. Ich wartete, bis meine Augen sich an das diffuse Licht gewöhnt hatten, dann schlich ich, Schritt für Schritt, an der Wand entlang auf das Leuchten zu.

Bald konnte ich die Lichtquellen deutlicher erkennen. Sie kamen von einer Instrumentenwand, von der aus mehrere Kabel zu einer Liege liefen. Und dann sah ich ganz schwach den Körper des Androiden. Er hatte die fast menschenähnlichen Arme eng an den Körper gelegt – und wurde wahrscheinlich gerade aufgeladen.

Millimeterweise schob ich die Klinke nach unten, drückte dann die Tür nach innen und betrat den Raum. Das Rauschen mehrerer Belüfter und ein regelmäßiger Piepton schlichen sich in mein Ohr. Ein Schauer zog durch meinen Körper, als flösse Gel durch meine Adern. Ich hob langsam den Revolver und hielt ihn in Richtung des Kopfes, der ebenfalls an mehreren Stellen verkabelt war.

Ich wünschte, ich wüsste, warum ich nicht sofort abgedrückt habe, aber aus irgendeinem Grund wollte ich diesem Ray, diesem Wesen mit seinen abartigen, künstlichen Gefühlen, wenigstens einmal ins Gesicht sehen.

Ich setzte langsam einen Fuß vor den anderen und schob mich so immer näher an die Liege heran. Als ich etwa noch einen Meter entfernt war, konnte ich endlich zwischen den Kabeln die Züge des Androiden erkennen – und schrie auf!

Vor mir lag Dr. Asimo.

Dr. Asimo war Ray. Ray war Dr. Asimo. Der Androide selbst hatte mich aufgesucht, um sein absurdes Gesuch vorzubringen.

Bevor ich meinen Schreck überwunden hatte, richtete der Liegende sich auf und sah mich mit seinen hellgrünen Augen an.

Im gleichen Augenblick leuchtete das Licht im Labor auf. Wahrscheinlich hatte er dem System einen Befehl gegeben.

„Rühr dich nicht!", rief ich entsetzt.

„Pfarrer Kurzweil? Was wollen Sie hier?", fragte er schlaftrunken, und ich krümmte mich vor Schreck. Er schwang sich von der Liege, setzte die Beine auf den Boden und zog sich die Kabel vom Leib, als holte er Splitter aus seiner Haut: „Was tun Sie in diesem Labor? Und was wollen Sie mit der Waffe?"

„Ich muss dich töten!" Meine Stimme klang fremd und metallen. So hatte ich sie noch nie gehört. Ein sich überschlagender, gutturaler Klang. „Du darfst nicht existieren."

Er zog die Stirn in Falten und sagte sanft: „Aber ich bin da. Sie selbst haben mit mir gesprochen und mich für einen Menschen gehalten. Ich lebe!"

„Nein", wimmerte ich, „du lebst nicht. Und ich werde diesem Spuk ein Ende bereiten. Du bist eine Maschine. Du bist eine Maschine. Du bist eine Maschine …"

Die Worte wurden mit jedem Mal, die ich sie aussprach, weinerlicher, doch meine innere Verbissenheit nahm zu. Es gab keine andere Lösung, als diese Maschine auszuschalten. Ich spürte, wie sich mein Zeigefinger am Hahn anspannte und nach hinten kam.

Da sprang Ray blitzschnell nach vorne, schlug mir die Waffe aus der Hand und legte seine Finger um meinen Hals.

Und während ich verzweifelt gegen diesen unmenschlichen Griff ankämpfte, entdeckte ich in seinem Blick etwas, das mich zutiefst erschrecken ließ: Hass, blanken Hass.

Rays Pupillen waren klein wie Stecknadelköpfe und es war, als schleuderten sie mir das Wort „Rache" entgegen. Da war nur noch Verachtung, gepaart mit einer unbändigen Wut. In mir hallten die Worte nach, die ich vorhin gehört hatte: „Ray ist kein Roboter. Er ist ein denkender und fühlender Androide."

Ich hatte ihn angegriffen, und jetzt fühlte Ray wie jedes Lebewesen den Hass auf den, der ihn zerstören will. Seine Gesichtszüge waren verzerrt, die Augenlider zuckten vor Anspannung, und ich spürte, wie der Griff an meinem Hals immer fester wurde. Mit einer Kraft, der ich nichts entgegenzusetzen hatte. Mir wurde schwarz vor Augen. „Das war es also", dachte ich.

Da fiel ich schwer auf den Boden. Als ich wieder klar sehen konnte, blickte ich direkt auf Rays Hand, die er mir entgegenstreckte. Er nahm meinen Arm und zog mich hoch.

Dabei sagte er schwer atmend: „Bitte verzeihen Sie mir, Herr Pfarrer. Ich hätte mich niemals so gehen lassen dürfen. Beinah hätte ich Sie umgebracht."

Er legte die Hand auf sein Herz und sprach jetzt schnell und erregt, mit kurzen Pausen, in denen er Luft einzog: „Das wäre falsch gewesen. Unendlich falsch. Wie konnte mir nur so etwas passieren? Ich bin doch Christ. Ich will, dass Gottes Liebe in mir wirkt. Ich möchte so sein, wie Gott es sich wünscht. Weil ich nur dann mir selbst am nächsten bin. Ich möchte niemandem das Leben wegnehmen."

Er sah mich plötzlich direkt an, und ich konnte seinem Blick nicht standhalten. Leiser sprach er weiter: „Jesus sagt zu Recht: ‚Liebt eure Feinde!' Gerade eben habe ich verstanden, was das bedeutet. Aber es ist so ungeheuer schwer. Ich möchte Sie wirklich lieben, Herr Pfarrer, auch wenn Sie mich ablehnen. Weil ich oft genug erfahren habe, dass man anders lebt, wenn man die Welt mit liebevollen Augen ansieht. Das darf ich nie vergessen. Und es stimmt wohl: Wer anderen Schaden zufügt, der schadet zuallererst sich selbst … ich hoffe, es ist Ihnen recht, wenn ich für Sie bete."

Ich rannte davon, blindlings; um den beängstigend frommen Silben zu entkommen, die mir die Luft mehr abschnürten als die eiserne Hand des Androiden an meinem Hals.

Gestern bin ich noch einmal bei diesem Haus gewesen. Es stand ein blaues, verziertes Schild davor: „Zu vermieten." Die Nachbarn erzählten mir, dass darin zwei Männer gewohnt hätten, ein großer Schlanker und ein kleiner, eher Beleibter. Als sie den Großen beschrieben, wusste ich sofort, dass sie Ray meinten. Der andere könnte Dr. Asimo gewesen sein – falls es ihn wirklich gibt. Aber wer weiß das schon.

Ich versuche verzweifelt, mich in meinem Lesesessel auf Haruki Murakami zu konzentrieren. Ich kann nicht. Zu viel ist zerbrochen, das spüre ich, obwohl ich noch gar nicht in der Lage bin zu sagen, was mich eigentlich so unendlich entsetzt hat.

Ich weiß nur eines: Ich schäme mich so sehr, dass es schmerzt. Und ich frage mich, was ich noch glauben kann.

In meinem Leben gibt es in diesem Moment nur einen winzigen, aber dafür mächtigen Trost: dass da draußen irgendwo ein Androide namens Ray existiert … und für mich betet.

Cliffhanger (½ Geschichte)

Wach auf! Ja, wach auf. Schnell!

Was ist denn los mit dir? Du schaust mich so verwundert an! So verwirrt!

Wer du bist?

Du weißt nicht mehr, wer du bist? Hey, du bist Scheherazade? Die Tochter des Wesirs. Die Frau des Königs. Hallo!

Ich verstehe das nicht. Dein Blick wirkt immer noch völlig fassungslos.

DU BIST SCHEHERAZADE!

Ich? Wer ich bin? Aber ich bin doch Dinharazade. Deine Schwester.

Erinnerst du dich denn an gar nichts mehr?

Bitte, Schwester, du musst dich erinnern. Unser Leben hängt davon ab. Wenn du dich jetzt nicht besinnst, dann sind wir morgen bei Sonnenaufgang beide tot.

Du weißt gerade wirklich nicht, was los ist? Oder?

Hast du vielleicht in den vergangenen Stunden zu viel Wein getrunken?

DU BIST SCHEHERAZADE!

Entschuldige, dass ich dich so angehe. Aber ich habe Angst. Schreckliche Angst. Genau wie du.

Ja, ich weiß, was du in den vergangenen Wochen durchgemacht

hast. Jede Nacht erneut diese Unsicherheit, dieser Druck: Werde ich am Morgen noch leben?

Das kann den Verstand eines Menschen gehörig durcheinanderbringen.

Aber es hilft ja nichts.

Du musst jetzt wieder zu dir kommen.

DU BIST SCHEHERAZADE!

In Ordnung. Hör zu: Ich erzähle es dir. Damit du wieder zur Vernunft kommst. Nein, damit du wieder ins Träumen kommst.

Wenn wir beide eines in diesen sonderbaren Nächten gelernt haben, dann das: Geschichten können Leben retten.

Also, hört gut zu: Unser König, dein jetziger Gemahl, kam vor einigen Jahren überraschend in die Küche des Schlosses und entdeckte dort, dass seine damalige Ehefrau ihn mit dem schwarzen Koch betrügt. In der Speisekammer hat er die beiden miteinander erwischt. Unglaublich. Ein Skandal.

König Schahryâr hoffte anfangs, nur seine Gattin wäre untreu, aber dann stellte er entsetzt fest, dass auch die Angetraute seines Bruders sich hemmungslos mit Liebhabern vergnügte.

Daraufhin beschloss der verletzte Mann, nie wieder einer Frau zu vertrauen. Und weil er trotzdem nachts nicht alleine sein wollte, fing er an, jeden Tag eine Jungfrau zu heiraten, die er am nächsten Morgen enthaupten ließ.

Nur so konnte er sichergehen, dass ihm nie wieder eine Geliebte das Herz brechen würde. Wie grotesk. Und wie niederträchtig.

Allerdings … im Reich wurden schon bald darauf die attraktiven Jungfrauen knapp. Und du, Scheherazade, hast beobachtet, dass auch unser Vater unfassbar unter dieser Situation litt. Schließlich musste er als Wesir jeden Morgen die Enthauptungen beaufsichtigen.

Da hast du beschlossen, einzugreifen.

Weißt du denn gar nichts mehr?

Wie sich Vater aufgeregt hat, als du ihm erklärtest, du würdest König Schahryâr heiraten … um dem unseligen Morden ein Ende zu bereiten? Ich habe unseren ach so ehrwürdigen Herrn Wesir noch nie derart entrüstet gesehen. So verzweifelt.

Aber du warst ja schon immer ein Dickschädel. Vater konnte dich nicht umstimmen.

Am Abend deiner Hochzeit hast du mich dann flüsternd gefragt, ob ich bereit wäre, in der Hochzeitsnacht mit in euer Schlafgemach zu kommen.

Was?

Verrückt. Ich habe dich damals so ungläubig angeschaut, wie du mich jetzt.

In der Hochzeitsnacht? Als Zuschauerin? Warum denn das?

Nun, du warst schon immer gewitzter als andere. Du hast mich angelächelt und gesagt: „Dinharazade, ich brauche deine Hilfe. Nur du kannst uns retten, dich und mich … indem du mich unterstützt.

Ich bitte dich um Folgendes: Fordere mich um Mitternacht auf, dem König und dir eine Geschichte zu erzählen. Um uns die Zeit zu vertreiben … das ist schon alles."

Ja, Scheherazade. Das hast du damals zu mir gesagt.

Und genau so ist es gekommen: Ich habe gefragt, du hast angefangen zu erzählen … und dann hast du immer kurz vor Morgengrauen aufgehört zu erzählen … immer an einer Stelle, an der es gerade so unfassbar spannend, so ergreifend oder so bewegend war … dass Schahryâr es nicht über sich brachte, dich zu töten … weil er unbedingt erfahren wollte, wie die Geschichte weitergeht. So sehr wünschte sich alles in ihm, das Ende zu hören.

Ja, manchmal warst du sogar so verwegen, noch in der Nacht

einen Erzählfaden zu Ende zu spinnen … um dann zu sagen: „Das war aber nur der erste Teil der Handlung. Im zweiten Teil wird es noch viel aufregender, noch viel dramatischer."

Selbst dadurch wurde die Neugier des Königs jedes Mal so groß, dass er es nicht über sich brachte, deinen Tod zu befehlen und dadurch den weiteren Verlauf zu verpassen. Er wurde süchtig nach deinen Geschichten. Abhängig.

Kein Wunder. Du hast wirklich wundervolle Märchen erzählt. Daran musst du dich doch erinnern, Schwester. Denk nur an „Sindbad, den Seefahrer" … oder „Ali Baba und die 40 Räuber" … oder „Aladin und die Wunderlampe" …

Du hast uns durch deine Geschichten am Leben gehalten.

Nacht für Nacht.

Tag für Tag.

Bis heute …

Bitte sag mir, dass du jetzt wieder weißt, wer du bist.

Und … was noch viel entscheidender ist … dass du schon weißt, welche Geschichte du Schahryâr erzählen willst. Heute Nacht.

Denn wenn dir im Schlafgemach nachher keine Geschichte einfällt, die den König „fesselt" – wie man so schön sagt – dann, fürchte ich, ist dies unser letzter Sonnenuntergang.

Also bitte: Reiß dich zusammen!

Schau mir in die Augen. Ja, sieh mich an!

Gibt es eine Geschichte, die du heute Nacht erzählen kannst?

Irgendeine!

Welche Geschichte rettet uns diesmal das Leben?

Überlege gut!

Was wirst du sagen …

DU BIST SCHEHERAZADE!

…

Fabian Vogt

Immer dem Stern hinterher!

24+2 heitere Weihnachtsgeschichten

144 Seiten, gebunden
ISBN 978-3-7655-0680-2

26 himmlisch gute Weihnachtsgeschichten, heiter und kurzweilig geschrieben. Ein „Lese-Advents-Kalender" von Fabian Vogt mit kurzen Erzählungen zum Ankommen in der (Vor-) Weihnachtszeit.

Was ist, wenn der Nikolaus offensichtlich Papas Parfüm benutzt hat? Wenn Johann vor lauter Übermut den Weihnachtsbaum plündert? Wenn ein Weiser aus dem Morgenland eine Engelsfeder findet? Oder wenn der Einbrecher in der Heiligen Nacht von seinem Komplizen erklärt haben will, warum da ein Kind in der Krippe liegt?

Ob zum Vorlesen oder Selbergenießen: Bei diesen unterhaltsamen, bewegenden und fantasievollen Geschichten wird einem richtig weihnachtlich zumute.

Er kann's einfach - herzhaftes Lachen erzeugen, verträumtes Lächeln auf die Gesichter zaubern, mit überraschenden Pointen glitzerndes Lesevergnügen machen.
Andreas Malessa, Hörfunkjounalist mehrerer ARD-Sender, Theologe, Buchautor (u. a. *Was gibt's da zu feiern?!*)

BRUNNEN VERLAG GIESSEN
www.brunnen-verlag.de

Manfred Siebald

Neu-ausgabe

Pitti lächelt

und andere Geschichten

160 Seiten, gebunden
ISBN Buch 978-3-7655-1982-6
ISBN E-Book 978-3-7655-7600-3

In seiner unverwechselbaren Art erzählt Manfred Siebald in kurzen Geschichten von interessanten Menschen und zeichnet spannende Charaktere: den lächelnden Obdachlosen und den Hausbesitzer im roten Sakko, den Chef aller Chefs und die triefend nasse Mutter, den verunsicherten Internet-Freak und den einsamen alten Herrn, der den Fehler seines Lebens bereut u. a. Wer Originale kennenlernen möchte, für den ist dieses Buch genau das Richtige.

Neuausgabe mit frischer Bonusgeschichte über drei Radfahrfreunde, die das alte konfuzianische Motto „Der Weg ist das Ziel" ausprobieren.

Wer so schön erzählen kann, muss ein Freund sein von Büchern, von Menschen und von Gott: Manfred Siebald ist ein Meister der Feder und der Sprachen. Er beschreibt Vertrautes und Unerwartetes, versprüht Humor und gräbt tief, malt mit Worten Bilder, in die ich als Leser gerne hineinspaziere, um weiterzudenken und mich inspirieren zu lassen. Christoph Zehendner, Liedermacher, Journalist und Autor

BRUNNEN VERLAG GIESSEN
www.brunnen-verlag.de

Manfred Siebald

Du bist zu Hause

und andere Geschichten

144 Seiten, gebunden
ISBN Buch 978-3-7655-0750-2
ISBN E-Book 978-3-7655-7596-9
ISBN Hörbuch 978-3-7655-8718-4
auch als Download und bei den
gängigen Streamingdiensten verfügbar

Du bist zu Hause. Ist es ein angenehmes Zuhause oder eins, wo es auch mal Streit gibt? Ist es ein offenes Zuhause oder ein zugesperrtes? Eins, wo schon ein leckeres Essen wartet, oder eins, in dem unliebsame Nachbarn dir das Leben verleiden? Läufst du schon mal von zu Hause fort, und weißt du dann immer den Rückweg nach Hause?

Und hört vielleicht ein Ankömmling schon an der Wohnungstür: „Du bist zu Hause!"?

Hier sind zwölf ebenso hintergründige wie vergnügliche Geschichten über ein allgegenwärtiges Thema – alltagsprall und doch mit einem Duft von Ewigkeit.

Erzählkunst! Ein besonders feinsinniges Lesevergnügen.
Albrecht Gralle, Autor

BRUNNEN VERLAG GIESSEN
www.brunnen-verlag.de